保健室経由、
Kaneyama Honkan
かねやま本館。
松素めぐり
講談社

保健室経由、かねやま本館。

プロローグ

保健室のある一階の廊下《ろうか》が、くさい。

鉄がさびたような、山奥《やまおく》に住む仙人《せんにん》が作っていそうな、粉っぽい薬みたいな臭《にお》い。

断定できないくせに、なんとなくはじめて嗅《か》ぐ臭いじゃないことだけはわかる。

なんだ、この臭い。

鼻の穴を思いっきり広げて、臭いを奥《おく》まで行きわたらせる。

「ねぇねぇ」

少し前を歩く三人に声をかけると、面倒《めんどう》くさそうな顔で舞希《まき》が最初に振《ふ》りむいた。

「なに？」

出た。またあの表情。最近あたしがなにか発言するたびに、これだ。

一瞬《いっしゅん》ひるみそうになったけど、それを隠《かく》してあたしはヘラッと笑顔《えがお》を作った。

「いや、この臭《にお》い、なんだろうなぁって思って」

形の良《い》い鼻をくんとさせて、舞希が首をかしげる。

「臭い？　そんなのしなくない？　ねぇ」

横にいる香奈枝《かなえ》と千紗《ちさ》も「うん。しない」と同調する。

「なに言ってんのサーマ。謎《なぞ》なんですけど」

舞希はまた前を向いて歩きだした。香奈枝と千紗もパタパタとついていく。

そんなまさか。だって、こんなにしっかり臭っているのに。

舞希たちだけじゃない。他のクラスメイトたちもみんな、臭いを話題にしたりせず通りすぎていく。

なんで？

どうしてあたしにだけ臭うんだ……？

兄の変

こんなこと言うと、自信過剰《じしんかじょう》な鼻持ちならないやつだと思われそうだけど、小学校時代、あたしは人気者だった。

佐藤《さとう》まえみ。あだ名は「サーマ」。佐藤の「サ」とまえみの「マ」でサーマ。

自分で言うのもなんだけど、性格は明るい。男女問わず、どんなタイプの子とも仲良くできる。

サーマの隣《となり》がいい。サーマといっしょのグループがいい。いつも女子のもめ事は、あたしの取りあいから始まるほど、常に人気者だった。

そんな輝《かがや》かしい小学生時代を新潟県《にいがたけん》で過ごした。卒業と同じタイミングで、父が東京の本社へ異動を命じられたので、佐藤家は住み慣れた土地を離《はな》れ、都内に引《ひ》っ越《こ》すことになったのだった。

新潟の友達は「サーマを送る会」を盛大《せいだい》に開いてくれた。「サーマなら東京でも人気者まちがいなし！」誰《だれ》もがそう言った。

新しい土地。しかも大都会、東京。不安がないことはないけど「サーマ、東京編」が始まる期待や興奮のほうがずっと大きい。気分はすっかり朝ドラヒロインだ。

内巻きヘアの母といっしょに、桜の舞《ま》う校門をくぐる。母はこの日のために、ファッション雑誌の「おしゃれママの入学式コーデは、こうでなくちゃ！」のページを熟読していただけあって、他のお母さんたちよりも、だいぶ気合が入った仕上がりになっている。東京での新生活に興奮しているのは、どうやらあたしだけじゃないようだ。

「夢の中学生ライフが始まるわねぇ。しかも東京で！　うっらやましい～」

真新しい大きめの制服を着た同級生たちが、横を通りすぎていく。見知らぬ空気みたいなものを、どの子もまとっているような気がする。

ああ、この子たちみんな「東京の子」なんだ。いや、あたしだってこれからは「東京の子」になるわけなんだけど。

ふーっと深く息を吸いこむ。東京の空気は、やっぱりちょっと新潟とは違《ちが》う。

でも大丈夫《だいじょうぶ》！　やっていける！

さあ、人気者のサーマの腕《うで》の見せどころだ。

こうして始まった、新生活イン東京。

小学校時代にもクラス替《が》えのたびに感じていたことだけど、やっぱりどこの地域でも、女子には「見えない磁石」がついているらしい。

まるで磁力で引っぱりあうみたいに、あっという間にいくつかの仲良しグループができあがる。どんなに仲良くなろうと思っても、引きあわないとくっつくことはできない。

あたしの「N極」が引っぱられたのは、舞希《まき》、香奈枝《かなえ》、千紗《ちさ》たち三人グループの「S極」だった。「仲良くなりたい」と強く意識してたわけじゃないのに、いつの間にか彼女《かのじょ》たちと過ごす時間が増えていた。

入学式のときから、長身でスタイル抜群《ばつぐん》の舞希は「あの一年、めっちゃかわいい。モデルみたいじゃない?」と、上級生からウワサをされるほど目立っていた。実際、一年前から読者モデルとして、ちょこちょこファッション誌に載《の》っているらしい。

その舞希のコピーのような香奈枝。ふたりは小学校のときからの大親友らしく、髪型《かみがた》もそうだし、文具にいたるまでおソロコーデが基本だった。モデルの舞希とコピーの香奈枝じゃあ、ちょっと見た目には差があるけれど（本人には口が裂《さ》けても言えない）遠目から目を細めて見れば双子《ふたご》に見えなくもない。

千紗は、ふたりとは違《ちが》う地区の小学校出身らしい。小柄《こがら》でふんわりとした雰囲気《ふんいき》で、舞希に次いで男子から人気が高い。あまり出しゃばらない感じが「優《やさ》しそうでいい」と人気に一役買っているようだ。

「えー。あのモデルの子と仲良くなったのぉ？　まえちゃんたらすごぉい。モデルが友達なんて、さっすが東京って感じ！」

舞希と仲良くなったと聞いたとたん、ミーハーな母がものすごい勢いで食いついてきた。

「まえみはどんな子ともすぐ仲良くなれるもんなぁ。絶対営業マンに向いてるよ。さすが俺《おれ》のムスメ」

不動産販売会社《ふどうさんはんばいがいしゃ》の営業マンである父も、発泡酒《はっぽうしゅ》で晩酌《ばんしゃく》しながらうれしそうに笑う。

ただひとり、あたしの順風満帆《じゅんぷうまんぱん》なスタートにケチをつける人物。

「まえみは周りを気にしすぎ。こうすればみんな楽しいかな。どうすればこの場が盛りあがるかなって、そればっかり。自分を抑《おさ》えこんでまで人気者になんか、俺はなりたくないけどね。いつかしんどくなるよ」

ふたつ違《ちが》いの兄の慈恵《じけい》は、最近妙《みょう》につっかかってくる。

以前はそんなことなかったのに、東京に来てからは、なんだかいつもイライラしている。

「思春期なのよ」と母は言うけれど、そんなんで片付けないでいただきたい。っていうか、それ言うならあたしだって、思春期ですけど。

ついこの間まで、いっしょにゲームをしたり、冬は毎日のように外で雪遊びをした。そりゃ口ゲンカや、たまに手が出るケンカもしたけど、兄でありながらもいちばん近い「友達」のような存在だと思っていたのに。

受験生になったから？　それとも東京の生活に慣れないからなのか、顔を合わすたびに舌打ちをせんばかりのイラつきぶり。

「慈恵だって、周りをまとめるのが上手で、みんなから慕《した》われてますよーって、サッカー部のコーチがよく褒《ほ》めてたし、うちの子はどっちも人気者なのよねぇ」

母がそう言うと「いつの話だよ。別にフォローしなくていいし」と、慈恵がうんざりした顔をした。

この、あからさまな「ふてくされ感」。中三なんだから、もうちょっと大人の余裕《よゆう》があってもいいんじゃないか？

もちろん、そんなこと口には出さない。よけいなことは言わないっていうのも、人気者の鉄則だ。

わざとらしく右手で自分の口を押《お》さえたあたしを見て、慈恵が「うざ」と吐《は》きすてるようにつぶやいた。


そんな慈恵が学校に行けなくなった。

ゴールデンウィークが明けたその日。慈恵はゴールデンウィークの延長を両親に申しでたのだ。

「俺《おれ》、もう学校行かない」

今まで一度もそんなことを言わなかった兄の、突然《とつぜん》の休暇《きゅうか》宣言《せんげん》。

あの朝、もともと大きな目を、出目金みたいに見開き、口をパクパクさせてうろたえる母と、スマホですぐさま「中三　息子《むすこ》　不登校　なぜ」と検索《けんさく》していた父の姿は忘れられない。

「学校でなにかあったのぉ？」

「あと二か月ちょっとで夏休みだろ。がんばれよ」

ベッドにもぐりこみ、完全な休暇態勢《きゅうかたいせい》に入った慈恵に、両親があれやこれやと声をかける。

「頼《たの》むからほっといてくれよ！」

慈恵はタオルケットを頭までかぶり、鍵付《かぎつ》きの自室にこもってしまった。

「あっちゃー。これが俗《ぞく》に言う五月病ってやつですか」

わざと明るく言ってみたけど、両親からの冷ややかな視線に、さすがに場違《ばちが》いな発言をしてしまったと反省し、苦笑いでその場を離《はな》れた。

こうして、両親の苦悩《くのう》の日々は始まった。あの慈恵が不登校に。ずっと平穏《へいおん》だった佐藤家に起きた大事件。これが「中三、慈恵。初夏の変」である。

兄が不登校になったというニュースは、あたしの学年にもあっという間に知れわたった。

「サーマのお兄ちゃん、不登校なんだって？」

少しもオブラートに包まれていない言葉が容赦《ようしゃ》なく降りかかる。

「お兄ちゃん、ちょっと暗そうだもんね。サーマとイメージ違《ちが》う」

舞希の言葉に「たしかにー」と香奈枝がうなずく。

暗そう？

意外な評価に首をかしげてしまう。

新潟ではずっと「しっかり者で真面目な慈恵くん」と周りから信頼《しんらい》されていたし、あたしの友達からの評判も「さすがサーマのお兄ちゃん」だった。バレンタインにお兄ちゃんに渡《わた》してね、ってチョコを預かったことも一度や二度じゃない。

「慈恵が、学校に行けなくなるなんて。あの慈恵が……」

両親ですら現実を受けとめられないほど「今までの慈恵」と「不登校」はかけ離《はな》れた場所にあったのだ。

その慈恵が「暗そう？」

あまりのギャップに「それって本当にうちの兄のこと？」と確認《かくにん》したくなったけど、舞希たちはもう別の話題にうつっていたのでやめた。

崖《がけ》っぷち

いつからだったんだろう。あたしが仲良しグループの中で浮《う》きはじめたのは。

はじめは気のせいだと思った。

なにか発言するたびに、みんながちょっと間を置く。そして、それはほんの一瞬《いっしゅん》のことなんだけど、みんなの視線が、なにかを伝えあっているように目の前を行ったり来たりする。

あれ？　なんかまずいことでも言っちゃった？

すぐに頭の中で、自分の発言を巻きもどす。

人の悪口も、ウワサ話もしていないし、誰《だれ》かを傷つけるような言葉も言っていない。

なんだったんだろう、今の空気。

気にならないはずはなかった。だけど、気のせいだと思いこむことにした。

そんなことが頻繁《ひんぱん》に起こった。あたしがなにかを言うたびに、みんながちょっと黙《だま》って、顔を見合わせる。

ねぇ、それなんなの？　なにかあるなら言ってよ。そう聞けばよかったのかもしれない。だけど、聞いたらすべてが壊《こわ》れてしまうような気がして、言えなかった。

その結果、無理にテンションを上げて、いつも以上にはしゃいだ。そうすればするほど、みんなが顔を見合わせる回数が増えていくことに、本当はとっくに気づいていたけれど、全部気のせいだと思いこもうとして見て見ぬふりを続けた。

だけど、それが気のせいでも思いこみでもないことが、ついに今日あきらかになってしまったのだ。


放課後、いつものように舞希《まき》たちと四人だけで、教室で話していたときのこと。

またあの空気になった。

みんなが急に黙り、あたし以外の人たちだけで視線が交差する。

心臓がドキンと鳴る。

急に自分が、崖《がけ》の上に背を向けて立っているような気がした。怖《こわ》くてたまらないけれど、後ろを向きさえしなければ、なんとか立っていられる。前だけ向いていれば。

いつものように気にしないふりをすることにした。

そういえば千葉《ちば》先生の子ども、昨日駅で見かけたんだけど、すっごいかわいいんだよ！まだヨチヨチ歩きでさぁ、先生にぜんぜん似てないの、ゴリラ感ゼロ。まじ天使だったわー、なんて。自分でもイマイチ盛りあがらなそうだとわかっている話題で、それでもなんとかこの不快な空気を散らそうと必死だった。

そんなあたしを見て、ついに意を決したように舞希が口を開いた。

「ねぇ、サーマ。わかんない？　サーマって、なんていうか……ちょっとしんどい」

ぎゅ、っと心臓をわしづかみにされた気がした。空気が一瞬《いっしゅん》にして張りつめる。

「ええ？　急にどうしたのさー。なになにどういうこと？」

明るく返せばどうにかなると思っておどけてみたけど、みんなの表情は変わらない。

「明るくて元気なのはいいけどさ、サーマってそれを心からしてるって感じがしないんだよね。計算ぽいっていうか、顔色うかがってるっていうか。妙《みょう》にテンション高くて、最近ちょっとしんどいんだよね、ね」

舞希は最後の「ね」だけ、みんなに向けて言った。そうだよね、って確認《かくにん》するみたいに。

「ごめん、どういう意味？　具体的に言ってほしいんだけど……」

「いや具体的とかじゃなくて、性格的なことだから。ただちょっとうちらとは合わないなって、ね。別にサーマが悪いとかじゃないんだけどさぁ」

「そうそう」

香奈枝《かなえ》が力強く相づちを打つ。千紗《ちさ》は、気まずそうに目線をそらして黙《だま》りこんでいる。

なにか、なにか言わなきゃ。

冗談《じょうだん》キツいよー。しんどいってなんなのさぁ！　そんなの言われてこっちがしんどいってー。

こういうときこそ、笑いに変えなきゃ。

誰《だれ》かひとりでも笑わせることができれば、この流れはなかったことにできるはず。

「…………」

頭で考えるのは簡単なのに、言葉が出てこない。

いちばん避《さ》けたかった「気まずい」沈黙《ちんもく》が続く。

舞希と香奈枝の視線が、鋭《するど》くこちらに注がれている。千紗はあいかわらずうつむいたまま。

「まあ、とりあえずそういうことだから」

舞希がガタンと椅子《いす》を鳴らして立ちあがった。それに合わせて香奈枝も、少し遅《おく》れて千紗もおそるおそる立ちあがる。

「ちょっと待ってよ……」

明るい声を出したつもりだったのに、ヒョロヒョロした細い声しか出なかった。

千紗だけが、最後までチラチラとあたしを気にしていたけれど、それでも結局、ふたりに続いて教室から出ていってしまった。

ただ呆然《ぼうぜん》と、後ろ姿を見送る。

こんな感覚になったのは、人生ではじめてだ。

突然《とつぜん》わしづかみにされた心臓は、口から飛びだして足元でぶるぶると震《ふる》えている。抜《ぬ》け殻《がら》になったあたしは、ただぼんやりとそれを見つめている。

今の、なに？

いつもいつも人気者。ただの一度だって、仲間はずれにされたことなんてなかったのに。

こんなの、ウソ。なにかのまちがいだよ。

どうやらやっぱり、崖《がけ》の上にいたらしい。気づかないふりをしていたあたしに耐《た》えかねたみんなは、ついに突《つ》きおとすことにしたのだ。

ドンッ。

サーマって、ちょっとしんどい。

震《ふる》える手でリュックをつかみ、教室を出た。一秒でも早くこの場所からいなくなりたい。だけど、早歩きをしたら舞希たちに追いついてしまいそうで、ずるずると体を引きずるようにして廊下《ろうか》を歩いた。

やっと校門まで着き、学校の外へ出ようとしたら、後ろから声をかけられた。

「帰るの?」

振《ふ》りかえると、そこには白衣を着た太ったおばさんが立っていた。

誰《だれ》……?

白衣を着ているっていうことは、保健室の先生か、理科の先生のはず。だけど、保健室は、若くて美人のスズパンこと鈴木《すずき》先生だし、理科は担任でもある川崎《かわさき》先生だ。こんな先生一度も見たことがない。他の学年の先生……?

ぶっくりした二重あごの顔に、鼻までずるりとさがった丸眼鏡。ベタベタと手垢《てあか》でくもったレンズの奥《おく》は、猫《ねこ》の爪《つめ》みたいに細く、腫《は》れぼったい目。白髪《しらが》まじりのボサボサ頭は、霊気《れいき》でも立っているように、ところどころ浮《う》きたっている。それにくわえて、いかにもおばさん、というようなずんぐりした体型。

両手を白衣のポケットに突《つ》っこんで、首をかしげながらニタニタとあたしを見ている。笑った口元からのぞく黄ばんだ八重歯《やえば》は、思わず顔をそむけたくなるほど不気味だった。

や、山姥《やまんば》……。

なんかこの人、昔話に出てくる山姥みたい。

急にぶるっと背筋が寒くなった。

山姥は、あいかわらず不敵な笑《え》みを浮かべている。

「あんた、帰るの？」

「……か、帰ります」

「そう」

山姥は、ポケットから手を出してひらひらと振《ふ》った。ふやけた梅干しみたいな、でも妙《みょう》にしっとりとした大きな手。

「気をつけて帰るんだよ」

誰《だれ》なのかはわからなかったけど、とりあえずあたしはコクンとうなずいて校舎をあとにした。

なんとなく山姥《やまんば》がずっとこちらを見ているような、そんな気配を背中に感じながら。

登校

家に帰ると、慈恵《じけい》がリビングでテレビを見ていた。

ちろりと視線をこちらに向けると「おかえり」も言わずにすぐにテレビに視線を戻《もど》す。

ソファに寝転《ねころ》がっている慈恵の髪《かみ》が、少しだけ濡《ぬ》れているのが気になった。

昼間っからお風呂《ふろ》なんか入ってたわけ？

ずっと自分の部屋にこもっていた兄の、久しぶりに見る意外と元気そうな姿。無性《むしょう》に腹が立ってくる。

学校に行かないで、お風呂入って、のんきにテレビ？　こっちはちゃんと学校に行って、あんな目にあってきたのに。

「慈恵、元気じゃん」

「あ？」

「元気そうじゃん、テレビなんか見て。学校行かないで良《い》い身分だね」

いつものごとく、なにか言いかえされるだろうと思って身構えていたのに、慈恵はフンと鼻から息を吐《は》いただけで、テレビから視線をはずさない。

「ただのずる休みじゃん」

よけいなことは言わない。これがモットーだったのに、止まらなかった。どうせそんなこと気をつけていたって、しんどいとか言われてしまうんだから。

「慈恵はずるい」

もうあえて傷つけてやろうという気持ちになっていた。

あたしはもう人気者じゃない。一生懸命《いっしょうけんめい》がんばって、良い人間でいられるよう努力してきたけど、それでも認めてもらえないなら、いっそのこともう嫌《いや》なやつでいい。

「慈恵は弱いんだよ。そんな逃《に》げてばっかりだったら、ロクな大人になれないよ」

番組が終わり、CMになっているのに慈恵はテレビから目を離《はな》さない。

「学校にも行かないでこんなことしてるなんて、人としてオワリだよ。お、わ、り」

容赦《ようしゃ》なく言葉を浴びせつづける。これは単なる八つ当たり。そんなのわかってるけど、どうでもいい。どうにでもなれ。

慈恵がパチンとテレビを消した。思わずびくっとしてしまう。

「俺《おれ》もう部屋戻《もど》るわ」

リモコンをソファにポンと放り投げると、慈恵は自分の部屋に行ってしまった。

慈恵のいなくなったリビングは、冷蔵庫のブーンという振動音《しんどうおん》が聞こえるほど静かだった。自分で部屋に追いやっておいて勝手だけど、慈恵がいたほうがマシだった。ひとりになったらいやでも思いだしてしまう。あの、舞希《まき》たちの視線。あの言葉。

ソファにあったベージュのクッションに顔を埋《うず》める。こんな高そうなのじゃなくて、前のクタクタのやつのほうがよかったのに、お母さんたらなんで捨てちゃったんだろう。

「ああああああ」

声を吐《は》きだす。真新しい布は、パリッとしていて声をちっとも吸いこんでくれない。思いっきり拳《こぶし》を打ちつけてみたけど、張りのあるクッションは、なにごともなかったかのように、ぼんと一瞬《いっしゅん》で元の形に戻った。

あんたまであたしを拒絶《きょぜつ》するわけ？

「なんでよ、なんで……」

ぼすぼすとクッションを連打していると、母が買《か》い物袋《ものぶくろ》を下げて帰ってきた。あわてて、クッションを元の位置に戻《もど》す。

「あれぇ？　まえちゃん、今日はずいぶん早く帰ってたのねぇ。舞希ちゃんたちとおしゃべりして遅《おそ》くなるかと思ってた」

「ああ……うん。みんな今日は、塾《じゅく》とかあるみたいで」

キッチンに直行した母は、ガサガサと袋から食材を取りだす。

「やっぱりそうなんだねぇ。ねーえ、ママさ、まえちゃんも塾入ったほうがいいと思うんだけど。今日、三階の奥《おく》さんに聞いたんだけどさぁ、ここらへんの子、一年生のときからみーんな通ってるんだって。東京ってやっぱりすごいよね。あ！　あと部活も。なんでもいいから入ったほうがいいらしいよぉ？　部活動を三年間やりましたってだけで、内申点《ないしんてん》でプラスになるんだって。まあでも塾に行くこと考えたら、運動部はやめたほうがいいかもしれないよねぇ。活動が少なくて、あんまりがんばらなくてもいいような、適度な部活がいいんじゃない？」

「……そんなんだったら入る意味なくない？　塾も部活もあたしはいいよ」

「あん、もう。東京に来たんだから、もっとスピードあげていかないと。のんびりしてたら乗りおくれちゃうじゃん」

「乗りおくれるって……なにに」

「受験競争によ」

「……は？」

なにが受験競争だ。ついこの間まで「のびのびがいちばん」って、泥《どろ》んこ育児《いくじ》の子育て講演会とか行ってたくせに。すぐ周りに流されるんだから。

あたしの冷ややかな視線にはまったく気づかず、母は鍋《なべ》に火をかけながらハァッと息をついた。

「慈恵もねぇ、なにもこんな時期に……」

いや、不登校って、時期を見定めてするもんじゃないでしょ。トンチンカンなことを言いつづける母にいらだつけど、今は言いあいをする元気はない。

「あ。でもねぇ、今日は大進歩だったの！　慈恵ね、ちょこっとだけど学校行けたのよぉ」

「えっ。そうなの？」

「教室じゃなくて保健室なんだけどねぇ。登校時間もみんなとずらしたし、ほんの一時間で帰ってきちゃったけど。あ、でもねぇ、帰ってきてからパソコンにかじりついてね、たぶん地理の勉強かな？　日本地図の画像開いてたから。慈恵のやる気が出てきたんだなぁって、ママうれしくて」

そうか。学校に行ってたんだ。知らなかった。

今さっき、慈恵に投げつけてしまった暴言に、チクっと心が痛んだ。

「まだ起きてこないねぇ……。保健室でもいいから、なんとか今日も行ってくれるといいんだけど」

翌朝、母の目元にはくっきりと青いクマができていた。年齢《ねんれい》のわりに若く見えていた母が、この数週間ですっかり老《ふ》けこんでしまった。なんとか明るくふるまおうとしているけれど、慈恵のことで眠《ねむ》れていないのは一目瞭然《いちもくりょうぜん》だ。

「まあ、あんまり焦《あせ》らせないほうがいいだろ。本人がいちばんわかってるだろうから」

そう言う父だって、目の下に同じようにクマができている。

「学校を休みたい」と、喉《のど》まで出かかった言葉を飲みこむ。あたしまで心配はかけられない。

「行ってきます」

無理して笑顔《えがお》を作って、玄関《げんかん》に向かう。

「おお！　まえみ。元気で行ってこい」

「モデルの舞希ちゃんに、美肌《びはだ》の秘訣《ひけつ》聞いてきてねぇ」

カラ元気な両親の声に送られて「はいはーい」と、カラ元気にあたしは家を出た。

頭の中には、あいかわらず「サーマって、しんどい」がリピート再生中。

「はぁ……」

昨日は一晩中、自分の発言を振《ふ》りかえって眠《ねむ》れなかった。

なにがアリで、なにがナシだったんだ？

いつから、どこから、まちがってた？

どうしてもその境界線がわからない。これから学校へ行って、もしみんながいつもどおり話しかけてくれたとしても、もうなにを話していいかわからない。

ただ足を進めればたどりつくはずなのに、どうしても足が前に動かなかった。「やばいー、チャイム鳴っちゃうー」と、ランドセルをガチャガチャいわせながら、近所の小学生が、あたしを追《お》い抜《ぬ》いていく。

戻《もど》ろうかと思った。

でも、家には慈恵がいる。こうして学校へ向かおうとしているのはあたしなのに、慈恵に先を越《こ》されたような変な気持ち。

前に行く道しかない。まえみだもん。前に向かって行くしかないんだ。

数メートル先の電信柱を、目を細めて見つめる。

まずは、あそこまで行こう。機械のように足を前に進めることだけを考える。

電柱に近づけば近づくほど、足がどんどんどんどん重くなって、動かなくなる。

こんなの、あたしらしくない。落ち着け、大丈夫《だいじょうぶ》だって。ずっと人気者だったんだから。

「サーマ大好き！」って、小学校のときたくさんの友達からもらった手紙が、お菓子《かし》の空き箱に詰《つ》まって家の机にしまってある。あれがなによりの証拠《しょうこ》じゃないか。

息を深く吸った。目をつぶるような気持ちで、走りだした。

保健室

教室に入ると、いつものごとく窓側に舞希《まき》たちが集まっていた。

緊張《きんちょう》で目の上がぴくぴくと震《ふる》えてくる。

みんなの視界に、あたしはとっくに入っているはずだ。なのに、まるで気づいていないように、楽しげに会話を続けている。

鈍感《どんかん》キャラを演じることもできなくはない。なにごともなかったかのように「おっはよー！」と輪の中に飛びこんでいけば、他のクラスメイトの手前、さすがに舞希たちも無視はできないはず。

だけど……。

ぎゅっと拳《こぶし》を握《にぎ》りしめた。

あたしにだってプライドがある。

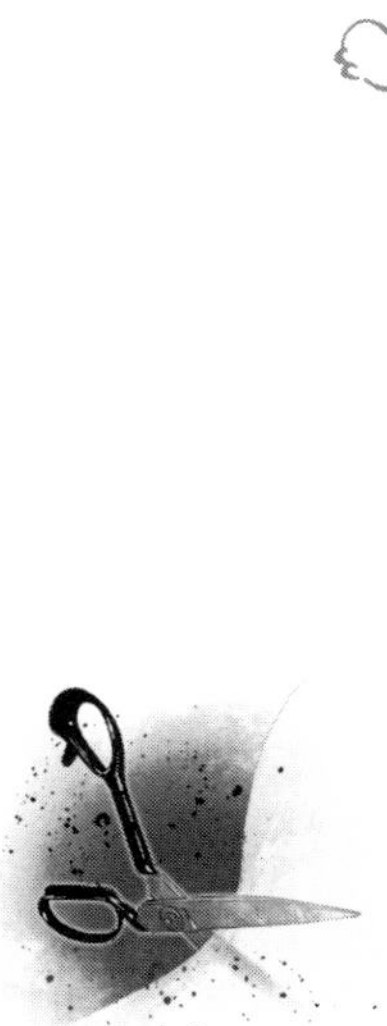

突然《とつぜん》、人格を否定された。それなのに、ピエロになってヘラヘラするのは、やっぱり、どうしてもくやしい。

「まえみちゃん、どうしたの？　大丈夫《だいじょうぶ》？」

教室の入り口で立ちすくむあたしを不思議に思ったのか、ふだんは別のグループにいるふたり組、アベちゃんとシノちゃんが話しかけてくれた。

心配そうにあたしの顔をのぞきこむアベちゃんたち越《ご》しに、会話を止めてこちらの様子をうかがっている舞希と香奈枝《かなえ》が見えた。

ハッとするほど、冷たい視線。

昨日までいっしょにいた友達への視線とは思えない、面倒《めんどう》くさそうな、まるで汚《きたな》いものでも見るような冷たい冷たい視線。千紗《ちさ》だけがふたりの後ろで、おどおどと目を泳がしている。

背中を、氷のような汗《あせ》が、ツーッと流れおちた。ドキンドキンと鼓動《こどう》が速くなり、息が苦しくなる。

「まえみちゃん、顔色悪いよ。体調、悪いんじゃないの？」

アベちゃんたちの声に反応して、近くにいた男子たちまで、顔をのぞきこんでくる。

「ほんとだ、顔色わるっ」

ガヤガヤと周りを取りかこむクラスメイトが、みんな黒くぼやけて見えた。その奥《おく》にいる舞希たちの鋭《するど》い視線だけが、鮮明《せんめい》に迫《せま》ってくる。

サーマって、しんどい。

サーマって、しんどい。

サーマって、しんどい。

みぞおちが、ぎゅっと絞《しぼ》られるように痛む。

こんなとき、人気者のサーマはどうするべき？　あの視線を、どうかわせばいいの？　笑いかける？　にらみかえす？　それとも泣きだすのが正解？

わからない。だって、こんなこと今まで一度もない。あんな視線を向けられたことなんて、ただの一度もなかったのに……。

「まえみちゃん、お腹《なか》痛いんじゃない？　保健室行こうよ」

前かがみになったあたしを、アベちゃんとシノちゃんが両サイドから支えてくれた。

「……ありがとう。でも、ひとりで行けるから平気。先生にだけ、伝えといてもらってもいいかな」

メンタルからきている腹痛だと、みんなに思われたくない。

「今朝、冷たい牛乳イッキ飲みしちゃったからかなぁ」とわざとらしくつぶやきながら、教室を出た。

始業を知らせるチャイムが鳴った。あわてたように、階段を駆《か》けあがっていく生徒たちとは逆に、みぞおちを左手で押《お》さえながら、よろよろと階段を下りていく。

思いかえしたくなんかないのに、さっきの舞希たちの視線が脳裏《のうり》によみがえる。それが体に食いこむように、痛い。

あんなことで教室から逃《に》げちゃうなんて。あたしって、こんなに弱い人間だったの？

椅子《いす》を引く音や、笑い声。教室のざわめきが廊下《ろうか》から響《ひび》いてくる。その音全部が楽しげに聞こえる。

そうか。みんなは今、楽しいんだ。そう思ったら、ますます自分が弱い人間に思えて惨《みじ》めだった。

ため息を何度も何度もつきながら、一階の保健室へ向かった。

保健室のスズパン先生に、お腹《なか》が痛いから早退したいって言おう。じつは昨日の夜からキリキリ痛むんですー、って。実際ほんとに痛いんだから、きっとわかってくれるはず。

ああ、でも今帰ったら家に慈恵《じけい》がいるのか。うわ、どうしよう。とりあえず午前中いっぱい保健室で休ませてもらおうか。でもそしたら、そのうち慈恵が保健室に来ちゃうかも。鉢合《はちあ》わせになったら気まずい。

そんなことを考えていたら、ますます痛みが強くなってきた。

ああー、もうやだ。考えるの面倒《めんどう》くさい！　とりあえず中に入ろう。

保健室の引き戸に手をかけようとした瞬間《しゅんかん》。

「ちょっとちょっと。あんたはこっち！」

「え？」

声がしたほうを見ると、ひとつ奥《おく》の部屋からおばさんが顔を出して手招きしている。

あ。山姥《やまんば》。

昨日声をかけてきた、あの、不気味な白衣のおばさん。

「な、なんですか……？」

「いいから、来て。あんたはこっち！」

「いやあの、あたしお腹《なか》痛くて、それで保健室に……」

「わかってるって。いいから早く！」

風でも巻き起こしそうな、あまりにも力強い手招きをされたので、痛むみぞおちを押さえながら、仕方なく山姥《やまんば》が顔を出している部屋へ近づいた。

「あの、なんなんですか。あたし保健室に用が……」

あたしの声をさえぎるように、山姥はさっと人差し指を上に向けた。

え。なに？

指で示した上方向に視線を向けると、入り口の上にプレートが突《つ》きでている。

「第二……」

そこには、くっきりとしたゴシック体の文字で**【第二保健室】**と書かれていた。

「ここは臨時の保健室。あっちは今混んでるから、あんたはここを使いな」

臨時？　そんなの聞いたことない。

眉《まゆ》をひそめるあたしの腕《うで》を、山姥は強引《ごういん》に引っぱり、部屋の中に引きこんだ。

「うわっ」

中は、拍子《ひょうし》抜《ぬ》けするほど、いつもの保健室と同じだった。窓際《まどぎわ》から並んだ、白いカーテンで仕切られた四つのベッドスペース。薬品や備品が並んだ灰色の棚《たな》。先生専用の机と椅《い》子《す》。中心には楕円形《だえんけい》のミーティングテーブル。

「ほんとに保健室なんだ……」

「だからそう言ってるだろ。さあさあ、早くベッドで休みな。お腹《なか》痛いんだろう？」

山姥《やまんば》は銀山先生というらしい。首から下げた名札に**【養護教諭《ようごきょうゆ》・銀山】**と書かれている。

「ぎんざん先生……？」

「かねやまって読むの」

ぶっきらぼうに答えながら、細い目をますます細めて、あたしのみぞおちに視線を向けてくる。昨日と同じボサボサ頭に、手垢《てあか》でベトベトの眼鏡。間近で見たらますます不気味。少しくらい鏡とか見ないのかな？　お腹が痛いのをしばし忘れて、ゲンナリしてしまう。

「はい、じゃあ、あんたはこっちのベッドを使って」

四つあるベッドのうち、窓側のひとつはすでに埋《う》まっているようで、カーテンで取りかこまれていて中が見えなくなっている。銀山《かねやま》先生は、その隣《となり》のベッドにあたしを案内した。

「ほれ、横になりな」

「あ、ありがとうございます」

上履《うわば》きを脱《ぬ》いでベッドに腰《こし》を下ろす。まぶしいほどに白いシーツは、下ろしたての新品みたいにパリッとしていた。痛みでこわばった体を少しずつ伸《の》ばしていく。

あまりにもすんなり横になれたことに、心の底からほっとして、長いため息が出る。

よかった。これで、とりあえずちょっとは休める……。

すぐにでもひとりにしてほしかったのに、銀山先生はベッドの足側にどすりと腰掛《こしか》け
「あんた疲《つか》れてるんだねぇ」と笑った。

そういうのいいから、あっち行ってよ……。

「休息が必要なんじゃない?」

「………」

「まあ、ゆっくりしていきな」

やっと銀山先生は立ちあがり、ベッド周りのカーテンに手を伸ばした。

カーテンがすっかり閉まる直前。ほんの数センチの隙間《すきま》から、先生は生首のように顔だけ出すと「それじゃ、ごゆっくり」とかすれた低い声で言った。そして、シャッとカーテンを完全に閉めたのだった。

保健室の山姥《やまんば》……。

ゾクゾクっと鳥肌《とりはだ》が立って、あわてて眉毛《まゆげ》の上まで布団《ふとん》を引きあげた。

スズパン先生と話がしたいがために、舞希たちと保健室に遊びにきたことは何度かあるけど「第二保健室」があるなんて、ちっとも知らなかった。

まあでも、たしかに必要かも。スズパン人気がスゴすぎて、保健室はもはや元気な生徒たちのたまり場状態になっている。あれじゃあ、本当に具合が悪いときにも、ゆっくり休んだりできない。

それにしても、銀山先生とスズパンじゃ、あまりにも差がありすぎる。あ。もしかしてあえて第二は不気味な先生にしたのかな。本当に具合が悪いときにしか利用しないように？　なるほど。それなら、納得《なっとく》。

ジョギ、ジョギ、ジョギ。

足元のカーテンの向こうから、奇妙《きみょう》な音がする。

なんの音……？

ベッドから起きあがりカーテンの隙間《すきま》からのぞくと、銀山先生がシーツのような大きな白い布に、縦にハサミを入れているところだった。

包帯？　それにしては太すぎる。

ガーゼ？　それにしては長すぎる。

……手ぬぐい？

ちょっとちょっと銀山先生。見た目が不気味なんだから、もうちょっとそこのとこ自分で意識して、変な行動は避《さ》けてほしいよ。その容姿で、その行動は怖《こわ》すぎるって……。

あたしは、ぷるぷると首を振《ふ》りながらベッドの中に戻《もど》った。

ジョギ、ジョギ、ジョギ。

はじめのうちこそ、その音が本格的に「山姥《やまんば》」を連想させて不気味だったけど、耳が慣れてくるとそんなに不快に感じない。というより、むしろなんだか心地《ここち》よくなってきた。

ほんの少し窓が開いているのか、隣《となり》のベッドとの間にあるカーテンの裾《すそ》が、ときおり風でふわりと舞《ま》いあがる。誰《だれ》かが寝《ね》ているんだと思うけど、なにも見えないし、なにも聞こえなかった。熟睡《じゅくすい》しているのかもしれない。

風に乗って「イーチ、ニー、サーン、シー」と、体育の授業中の男子のかけ声が、こだまのように聞こえてくる。遠く上のほうからは、ピアノの音。それに合わせて響《ひび》く『翼《つばさ》をください』の合唱。英文を読みあげる、先生の声。はー？　そんなのできねぇよ、と嘆《なげ》く誰かの声に、どっと湧《わ》きあがる笑い。

静かにしなさーい。ほら前、向いて。

ゴー、ローク、シーチ、ハーチ
ジョギ、ジョギ、ジョギ。

この数式は、テストに必ず出るからねー。先生、今ちゃんと予告したわよー。

ジョギ、ジョギ、ジョギ。

耳に入ってくるいろんな音。重なると、すべて意味のないことに思えてくる。なにもかもまるで遠い国から聞こえてくるみたい。

ジョギ、ジョギ、ジョギ、ジョギ。

気持ちが不思議と落ち着いていく。みぞおちの痛みが徐々《じょじょ》にやわらいでくる。

とろん、とまぶたが重くなってきた。このまま、少し眠《ねむ》ろう。ふぅーっと鼻から息を吐《は》きだす。もう少しで心地《ここち》よい眠りに入れる、そう確信したとたん、まるでそれを阻止《そし》するように、さっきの舞希の視線が頭に浮《う》かんでしまった。遠ざかっていた痛みが、またグッと戻《もど》ってくる。

ああ、やだやだ。全部、夢だったらいいのに。

小さく首を振《ふ》る。布団《ふとん》をもう一度頭の上までかけなおし、ぎゅっと目をつぶった。

異《い》臭《しゅう》

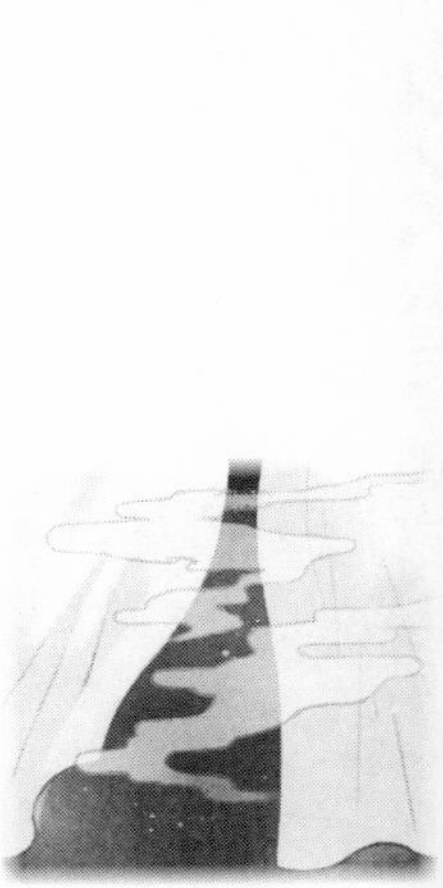

あまりの騒々《そうぞう》しさに目が覚めた。

一瞬《いっしゅん》、自分がどこにいるのかわからなくなる。

無機質な灰色の天井《てんじょう》。そうだ。保健室に来たんだった。もうすっかりお腹《なか》の痛みはなくなっている。

どれくらい寝《ね》ていたんだろう。

ざわざわとおおぜいの生徒の声や足音が聞こえる。

いったい、なにごと?

起《お》きぬけのぼんやりとした頭に、校内アナウンスが鳴《な》り響《ひび》く。

「浸水《しんすい》発生。至急、校庭に集合してください」

浸水……。

入学してすぐの四月に行われた防災訓練を思いだす。

「いいですか。『浸水《しんすい》』とは我《わ》が校《こう》で認知《にんち》されている隠語《いんご》で、実際には『不審者侵入《ふしんしゃしんにゅう》』の意味を持ちます。不審者に気づかれないように安全に避難《ひなん》するために、我が校では『浸水』という言葉を使っています。校内アナウンスでこの言葉が使用されたら、すぐに指示に従って避難してください。それぞれの小学校で使用されていたフレーズとは異なるかと思うので、よく覚えておくように」

つい二か月前のことなのに、遠い昔の出来事に感じる。

「繰《く》りかえします。浸水発生。すみやかに校庭へ集まってください」

アナウンスが再度流れた。

まさか、訓練じゃなくて、本当に不審者が侵入してきたの？

あわててベッドを抜《ぬ》けだし、かこっていたカーテンを開けた。保健室はがらんとしていて、銀山《かねやま》先生はどこにもいない。

廊下《ろうか》に出ようと引き戸に手をかけたそのとき。ざわつく廊下から女子生徒の声が聞こえてきた。

「避難訓練多すぎじゃない？　こんなに頻繁《ひんぱん》だと、本番がきても訓練だと思っちゃうって」

「しかも、また浸水《しんすい》ネタ。そんな治安悪くないでしょ、この地域」

「ほらそこ、私語は慎《つつし》む！　訓練を訓練だと思ったら、訓練の意味がない！」

学年主任の怒鳴《どな》り声《ごえ》が響《ひび》き、急にざわつきがおさまる。

なんだ。やっぱり訓練か。

やれやれと大きく息をついた。

「サーマ、大丈夫《だいじょうぶ》かな？」

突然《とつぜん》聞こえてきた自分の名前に、ドキッとして反射的に耳を澄《す》ます。

「仮病《けびょう》でしょ。大丈夫だよ、あの子タフだもん。ってか、なに心配してんの？　千紗《ちさ》だって、サーマのこと調子乗ってるって言ってたじゃん」

舞希《まき》の声だ。

「そうなんだけどさぁ……」

おずおずした千紗の声をさえぎるように、舞希の高い声が響く。

「ああいう子には、ちゃんとはっきり態度で示してあげないと、逆にかわいそうだって。気づいてないんだから、自分が空気読めてないってこと」

そのあと、香奈枝《かなえ》がなにか同調するように話す声が聞こえたけど、ざわざわとした他の音に混じって聞きとれなかった。

大量の足音だけが、次々と壁《かべ》の向こう側を通過していく。そのうち音はまばらになって、完全になくなった。

しばらくの間、保健室の引き戸の裏側にある黒いシミを、あたしはただぼんやりと見つめていた。


ふと、臭《にお》いが鼻に入って我に返った。

この臭い。この間の……。

先週、一階の廊下《ろうか》を通ったときにも、この臭いがした。あのとき「この臭いなんだろう?」と言ったら、舞希たちは「臭いなんてしない」と首をかしげたのだ。

ううん。やっぱり、臭う。

鼻の穴をふくらませて、あたりを見まわしてみる。

薬品や医療本《いりょうぼん》が並んだ棚《たな》。透明《とうめい》のケースに入った大量の白いガーゼ。ピンセットやハサミなどの金属類。きちんと整頓《せいとん》された先生の机からは、臭いを放ちそうな怪《あや》しげなものは見当たらない。

臭《にお》いは部屋中に充満《じゅうまん》していた。

窓の外から、マイクを通した校長先生の話が聞こえてくる。

「近年の頻発《ひんぱつ》する悪質な事件からもわかるように、自分の身を守るということを君たちには日常から意識してもらいたい……」

全校生徒が校庭に集まっているのに、自分だけが校舎内にいるのが不思議だった。まるで幽霊《ゆうれい》にでもなったみたい。でも、今はそんなことどうでもいい。刻一刻と、臭いの濃度《のうど》が高まっている。

これはいったい、なんなんだ……。

そうだ。隣《となり》のベッドに誰《だれ》かいたはず。その子にもいっしょに、この臭いを確認《かくにん》してもらおう。

ベッドまで戻《もど》り、閉まりきっている隣のカーテンの奥《おく》の様子をうかがった。

「ん……?」

音がする。

でも、どれだけ耳を澄《す》ましてみても、これは寝息《ねいき》の音じゃない。シューシューとなにかが湧《わ》きあがるような音が、やむことなく続いている。

おそるおそるカーテンを少しだけずらして、中をのぞいてみた。

「……え？」

白い煙《けむり》で、なにも見えない。

なんなの、これ……。

思いきって、シャッと勢いよくカーテンを全開にした。

「う、うわぁぁぁぁぁぁぁぁぁ！」

思わず声をあげて、のけぞってしまった。

カーテンの向こうには、ベッドどころかなにもなかった。床《ゆか》には、人ひとりが通れるほどの、丸い穴がぽっかりと空いていて、中から白い蒸気がシューシューと音をたてながら湧《わ》きあがっている。そこから、臭《にお》いがいっそう濃《こ》く立ちこめていた。

とっさに「学校が爆発《ばくはつ》する」と思った。

銀山先生は、秘密組織から派遣《はけん》されたテロリストだったんだ。そうだよ。よく考えたら臨時の保健室なんて、あるわけないじゃん。なんで気づかなかったんだろう。全部、あの先生が仕組んだワナだったんだ。

(近年の頻発《ひんぱつ》する悪質な事件からもわかるように、自分の身を守るということを君たちには日常から意識してもらいたい……)

今さっき聞こえてきた校長先生の言葉が、急に現実味を帯びて迫《せま》ってくる。

早く、早く逃《に》げなきゃ。

その場から逃げようと震《ふる》える体で立ちあがろうとした。

そのとき、背後から声がした。

「知ってしまったね」

体中の血が凍《こお》りつく。

それは、まぎれもなく銀山先生の声だった。

入り口

「知ってしまったね」

無表情の銀山《かねやま》先生が見下ろしている。あまりの恐怖《きょうふ》に声が出ない。

銀山先生の手には、白く長細い手ぬぐいのような布がぶらさがっている。

さっき、切っていたあの布。これはあたしの息の根を止めるためのものだったんだ。

首を横に振《ふ》りながら後ずさりすると、銀山先生がじりじりと近づいてくる。あまりの恐怖で、喉《のど》がすっかりつぶれてしまったように声が出ない。

や、やめて。助けて、助けて、助けて――……！

ぎゅっと目をつぶり、もうだめだ、とあきらめかけたそのとき。頬《ほお》に、パサリ、となにかが当たった。

「行ってみるかい？」

銀山先生のハスキーボイスが、頭に降りかかる。

い……行ってみる？

先生がそれ以上なにも言わず、なにかをする様子もないので、体を縮めたまま、おそるおそる目を開いた。

目の前には、不敵な笑《え》みを浮《う》かべる銀山先生の顔。頬《ほお》に触《ふ》れたのは、先生が手にしていた白い布だった。

「な、なんなんですか？　これは、この穴はいったい……」

心臓のドキドキはちっともおさまらない。あいかわらず床下《ゆかした》からは、白い蒸気がシューシューと湧《わ》きあがっている。

銀山先生は、声をひそめて言った。

「床下の世界への、入り口」

手垢《てあか》でくもった眼鏡の奥《おく》で、先生の細い目がギラリと光る。

「か、からかわないでください！」

もっと大きな声で言いかえしたかったのに、情けないほど声がうわずる。

「からかってなんかいないよ。私はね、ウソや冗談《じょうだん》は言えないタチなんだ」

あまりにも大真面目に答えるので、なんと返していいかわからない。

やばい。この人、相当やばい。

「こ、この煙《けむり》はなんなんですか？　臭《にお》いも……」

「だから言ってるだろう。入り口だよ。床下《ゆかした》の世界への」

「………」

言葉が出ない。

自信に満ちあふれた銀山先生の表情。

さっきとは違《ちが》う、じわじわと忍《しの》びよってくるような恐怖《きょうふ》を感じた。よっぽど「浸水《しんすい》、発生！」と叫《さけ》ぼうかと思ったけど、今、校舎内には誰《だれ》もいないはずだ。外までは、声はきっと届かない。

「ま。好きにすればいいさ。あんたに任せるよ」

銀山先生は「ほれ。もし行くんだったら、この手ぬぐい使いな」と、ガタガタと震《ふる》えているあたしの頭に白い布をのせた。

この布、やっぱり手ぬぐいなんだ……。

銀山先生はそのまま机に戻《もど》り、ドガッと椅子《いす》に腰《こし》かけ、なにごともなかったかのように、また大きな布をジョギジョギと切りはじめた。

「え……」

先生はなにも言わずに、ただ黙々《もくもく》と布を切っている。なにかしてくるかと思って、しばらく臨戦態勢でかまえていたけれど、あまりにも淡々《たんたん》と時間が過ぎていくので、緊張《きんちょう》もすっかりほどけてしまった。

なんだなんだ、この状況《じょうきょう》は。

目の前には、床《ゆか》の穴。そこから湧《わ》きあがる白い煙《けむり》も臭《にお》いも、ただごとじゃないことは確かだ。とんでもないことが起こっている。この穴の下で。

それなのに、後ろではひたすら布を切る、ヘンテコなおばさん。そして、頭に白い布をのせて、へたりこんでいるあたし。

床下の世界――――？

まさか。そんなことあるわけない。

だけど……。もしも、本当に床下の世界があったら……？

ドキン、ドキンと心臓が高鳴る。

そのとき、急に廊下《ろうか》が騒《さわ》がしくなってきた。避難訓練《ひなんくんれん》を終えた生徒たちが戻《もど》ってきたんだ。あのざわめきの中に、舞希《まき》たちがいるのかと思うと、消えたはずのみぞおちの痛みが、復活しそうな予感がした。

舞希たちのいない、どこか遠くの世界へ逃《に》げてしまいたい。

煙《けむり》が湧《わ》きあがる床《ゆか》の穴に、ふっと右手を伸《の》ばす。その拍子《ひょうし》に、手ぬぐいがあたしの頭からパサリと落ちた。それをぱっと拾いあげると、ほんのわずかな風が起こり、白い煙が少しだけ薄《うす》まった。

もしかしたら、本当にあるのかもしれない……。

手にした手ぬぐいを、左右に振《ふ》りうごかしてみる。

なにか、なにか、出てこい。

いつの間にか、そう願っていた。

なんでもいい。どこか、どこか違《ちが》う世界へ。

「うそ……」

突然《とつぜん》、スイッチを切ったように白い煙が途切《とぎ》れた。

穴の奥《おく》から現れたのは、ぼんやりと灯《あか》りに照らされた、床下に続くトンネルだった。

トンネル

もしも、このハシゴが、古びた鉄のハシゴだったら、下りようなんて思わなかったと思う。

銀山《かねやま》先生が不審者《ふしんしゃ》かもしれないという疑惑《ぎわく》はちっとも消えていないし、煙《けむり》が立ちこめて異臭《いしゅう》までする床下《ゆかした》に、自分から入っていこうなんてどうかしている。

だけど、今。あたしはこうして、ハシゴをつたって下りている。

もうすっかり小さくなった入り口を見上げながら、首をかしげた。

なんでこんなことしているんだろう……。

つい、十分ほど前のこと。

床下の入り口から湧《わ》きあがる白い煙を、手ぬぐいであおぎ、かきけした。するとそこから、人ひとりがちょうど通れるくらいのトンネルと、その内側にかかったハシゴが浮《う》かびあがったのだ。

「すてき……」

思わずそう口からこぼれるほど、それはあまりにも魅力的《みりょくてき》な光景だった。

丸みを帯びた、木目の美しいハシゴ。その両サイドを、障子紙を貼《は》りあわせたような四角い灯《あか》りが、ぼんやりと照らしだしている。ほどよく立ちこめる白い蒸気が、トンネルの中をより幻想的《げんそうてき》に見せていた。

いつの間にか銀山先生が後ろに立っていた。反射的にファイティングポーズをとるあたしを気にも留めず、先生は満足そうにうなずいた。

「なかなかいいだろう？　下の世界はもっとずっとすてきだよ」

もっとずっとすてき――……？

だめだめ。甘《あま》い言葉にだまされちゃいけない。そんなこと、小さな子どもでも知ってる。なのに、どうしても体の奥《おく》からワクワクする思いが湧《わ》いてきてしまう。

銀山先生の、くもった眼鏡の奥をじっと見すえる。猫《ねこ》の爪《つめ》みたいに細い目は、不気味は不気味だけど、それでもどこか温かいものを感じないこともない。

あたしは、ごくん、と唾《つば》を飲みこんだ。

握《にぎ》っていた手ぬぐいを、まるめてスカートのポケットに突《つ》っこむ。そして、引きこまれるように、ついにハシゴに足をかけたのだった。


「ふう」

もうそろそろ底に着くはずだと思うのに、なかなか地面は近づいてこない。

そもそも出口なんて、あるのかな。もしかして、永遠にハシゴが続いているだけなんじゃ……。そんな疑問が湧《わ》きあがってくるのに、不思議と戻《もど》ろうとは思わなかった。

額にうっすらにじんだ汗《あせ》を、手でぬぐう。

「お！　来た来た！」

急に足元で声がしたので、びっくりして足を滑《すべ》らせた。

「うわああ」

一段下までずるりと滑りおち、スネを思いっきりぶつけてしまった。

くううー……。あまりの痛さに、ハシゴにしがみついたまままうめく。

「うひゃひゃっ。そりゃ痛《いて》えわ。ドンマイドンマイ！　もうここがゴールだ。がんばれ、ねえちゃん！」

すぐ下から、男の子の笑い声が響《ひび》く。あたしは痛みが去るのをしばし待ってから、そっと地面に足を伸《の》ばした。

足を着けたとたん、上履《うわば》きに水がどぶっと入りこんだ。冷たい水に、足首まで一瞬《いっしゅん》で浸《つ》かる。予想外の展開に「うえぇぇぇ」と、情けない声が出てしまった。

「雨降ってっから仕方ねぇんだ。とにかく早く、行こう」

地面の右横には、腰《こし》の高さのアーチ形にくり抜《ぬ》かれた出口があった。その外側から坊主《ぼうず》頭《あたま》の男の子が、こちらをのぞきこんでいる。逆光で顔がよく見えない。

「冷えっから、早く早く」

たしかに。足先から、みるみる冷えがはいあがってくる。ぷるぷる震《ふる》えながら、頭を下げて出口をくぐりぬけた。

「ほい」

男の子が、ジャンボサイズの黒い傘《かさ》をこちらに差しだしている。暗くてよく見えないけど、あたしよりずっと背が小さい。

ハッとして、出てきたほうを振《ふ》りかえってみると、視界をすっかりさえぎってしまうほどの、大きな大きなクスノキがあった。こんな巨木《きょぼく》、今まで見たことがない。まるでおとぎ話のように、根元にアーチ形の穴が空いている。

あたし、ここから出てきたんだ……。

キツネにつままれたような顔で、ぽかんと口を開けているあたしを、男の子はぐいっと傘《かさ》の中に引きよせると「まわれ右！」と叫《さけ》んで、ぐるりと後ろに向かせた。

ばぁっと、一気に視界が開けた。

「う、うわぁ……」

黒い空から、ドシャドシャと容赦《ようしゃ》なく落ちてくる大粒《おおつぶ》の雨。

すっかり濡《ぬ》れてしまった足元から、飛び石が正面に向かって続いている。その先に、古びたかやぶき屋根の平屋がひっそりと建っていた。

ガラス戸や窓からこぼれる、黄色いおだやかな灯《あか》り。屋根の向こう側からは、雨に逆らうように白い煙《けむり》が立ちのぼっている。その周りを取りかこむ、うっそうとした夜の森。

保健室で漂《ただよ》っていたあの臭《にお》いが、あたり一面に濃《こ》く立ちこめている。

「なんなの、ここ……」

傘の中で、男の子の歯だけが、にゅっと白く光った。

「ようこそ、かねやま本館へ」

入館

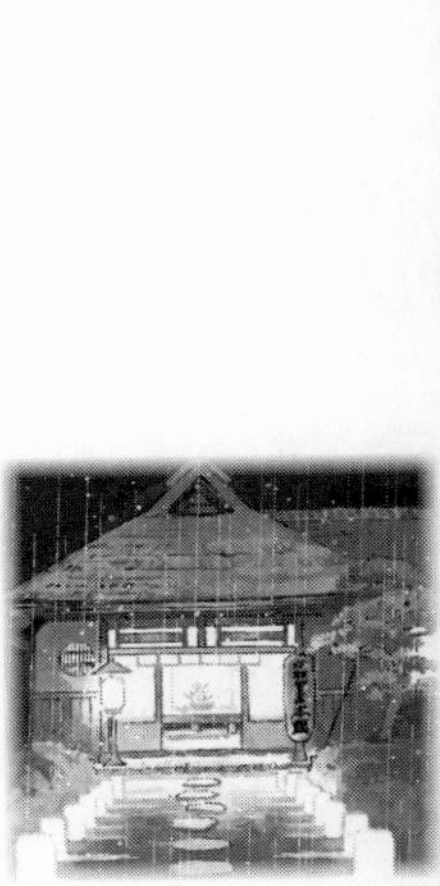

「こっちこっち！」

男の子は、あたしに傘《かさ》を手渡《てわた》すと、自分はずぶ濡《ぬ》れになって、ぴょんぴょんと跳《は》ねるように飛び石を越《こ》えて行ってしまった。

「ま、待って！」

あわてて後をついていくと、傘にバチバチと雨が当たった。

飛び石の両サイドには、細長いものや丸いもの、いろんな大きさや形の灯籠《とうろう》がランダムに並んでいた。暗い世界に、ぽっぽっと浮《う》かぶろうそくの灯《あか》りが「こっちへおいで」と誘《さそ》っているように感じる。

「おーい！　こっちこっちー！」

平屋の入り口から、男の子が大声で呼んでいる。

まるで引きよせられるように、あたしは濡《ぬ》れた飛び石をひとつひとつ進んだ。一歩進むごとに、水が入りこんだ上履《うわば》きが、ジュバッと変な音をたてた。

ガラス張りの戸口の前に立つと、灯《あか》りに照らされて、さっきまでは見えなかった男の子の顔がよく見える。小学校一、二年生くらいだろうか。くりくりの坊主頭《ぼうずあたま》に、黒豆みたいないたずらそうな目。小豆色《あずきいろ》の甚平《じんべい》が、とてもよく似合っている。

「傘《かさ》、ちょうだい」

「ああ……。は、はい」

たたんで渡《わた》すと、男の子は入り口の横にある籐《とう》の傘立てに、傘をバサッと突《つ》っこんだ。

「オレはキヨってんだ。よろしくな、ねえちゃん！」

キヨ、というらしい男の子は、すきっ歯の前歯を見せて人懐《ひとなつ》っこそうに笑った。

「オ」にイントネーションがある「オレ」。かわいらしくて、思わず口元が緩《ゆる》んでしまう。

ガラス戸の横には、大きな一枚板の看板がかかっていた。太い毛筆の字で**【かねやま本館】**と書かれている。

銀山《かねやま》先生と同じ名前……。

キヨが、大きなガラス戸をガラガラと開けた。

「小夜子《さよこ》さーん！　おきゃくさぁぁぁぁん！」

玄関《げんかん》をくぐると、細長い土間が広がっていた。

一段上がったところは、真ん中に囲炉裏《いろり》のある板敷《いたじ》きの広間。さらに、その正面奥《おく》には「男」「女」と書かれた、藍色《あいいろ》とえんじ色の暖簾《のれん》が左右にかかっている。

ちょっと待って。これって、まるで
「お風呂屋《ふろや》さん!?」

キヨが隣《となり》で「そうそう！　察しがいいねぇ、ねえちゃん」と、草履《ぞうり》を脱《ぬ》ぎながら答えた。

「正式には、ここは、とーじば、っていうんだけどな。わかるか？　と、う、じ、ば」

「……とうじば？」

ちょっとなにを言っているのかわからない。

「ま、いいや。くわしくは、あとで小夜子さんに聞きな」

「小夜子さんって？」

「もう出てくるよ、そこの暖簾から。ねえちゃん、見たら絶対びっくりするぞ。驚《おどろ》いて腰《こし》抜《ぬ》かすなよぉ～」

キヨは広間の右手側にある、茄子《なす》の色みたいな濃《こ》い紫色《むらさきいろ》の暖簾《のれん》を指差した。キヨの着ている小豆色《あずきいろ》と似ているけど、こっちのほうが「より」茄子っぽい。

驚《おどろ》いて腰抜《こしぬ》かすって。もう充分《じゅうぶん》、驚くことしか起きていないのに、これ以上なにがあるっていうんだ？

周りをあらためて見渡《みわた》してみる。

ちょろちょろと燃える囲炉裏《いろり》の火。煙《けむり》にいぶされたような、黒い木の柱。天井《てんじょう》からぶら下がっている照明のおかげで、広間全体は明るいけれど、そのおかげで白い漆喰《しっくい》の壁《かべ》にある茶色い染《し》みが妙《みょう》に目立つ。それが、口をあんぐり開けている人の横顔のように見えなくもない。急に背筋がゾクッと冷えてくる。

背後のガラス戸の外は真っ暗な夜の森。ごぉっとうなるように響《ひび》いてくる、激しい雨の音。

やばい。これって「ものすごい化け物」が出てきても、ちっともおかしくないロケーションなんじゃないの？　というより、それがすっごくお似合いの場所なんじゃゃ……。

「ねえちゃん。靴《くつ》、脱《ぬ》いで上がんねぇのか？」

あたしは勢いよく首を横に振《ふ》った。

この子も、本当は妖怪《ようかい》なのかも。とても悪い子には見えないけど、見せかけの可能性もある。

ああ。小学生のときあんなに「いかのおすし」を習ったのに、なんで守れなかったんだろう、と今さら後悔《こうかい》が湧《わ》きあがる。

不審者《ふしんしゃ》に遭遇《そうぐう》したら「いか＝行かない」「の＝乗らない」「お＝大声を出す」「す＝すぐ逃《に》げる」「し＝知らせる」が基本中の基本だ。なのに、あたしとしたことが「保健室の山姥《やまんば》」という究極の不審者に出会ったのにもかかわらず、「いか」を破り、うかうかこんなところまで来てしまった。

いつでも逃げられるように、視線は前に向けながらも、こっそり後ろ手をガラス戸の取っ手にかけた。スピードスケート選手のような中腰《ちゅうごし》で、紫色《むらさきいろ》の暖簾《のれん》をにらみつけるあたしを、囲炉裏《いろり》の横からキヨが小首をかしげて眺《なが》めている。

今日はいったい、何回ドキドキさせられるんだろう。こんなの絶対、心臓に悪い。

暖簾に神経を集中させながら、頭の中で、逃げるシミュレーションを繰《く》りかえす。大声で叫《さけ》ぶ、戸を開ける、クスノキまで走って、ハシゴを上る……。

そのとき、紫色の暖簾がふわりと宙に舞《ま》った。

ハッと息をのむ。

「いらっしゃいませ」

暖簾《のれん》からかがむようにして現れたのは、藤色《ふじいろ》の着物を着た女の人だった。

な、な、な。なんてなんてきれいな人……！

首が長く、小さな顔。透《す》き通《とお》るような白い肌《はだ》に、澄《す》んだ奥二重《おくぶたえ》の目元。筋の通った鼻、桜色の唇《くちびる》。結《ゆ》いあげた黒い髪《かみ》の生《は》え際《ぎわ》や、額の曲線まで、どこをとっても圧倒的《あっとうてき》な美しさだった。ううん、美しいって言葉じゃ足りない。鮮《あざ》やかだった。なんかもう、輝《かがや》いていた。

「女将《おかみ》の小夜子でございます。足元の悪い中、よくいらっしゃいました。冷えましたでしょう？」

下《さ》がり眉《まゆ》で微笑《ほほえ》まれた瞬間《しゅんかん》、体の緊張《きんちょう》が一気にほどけた。この人、きれいなだけじゃない。すごく優《やさ》しい空気を持っている。

「ほらなぁ！　びっくりするって、言ったとおりだったろ？」

さっきまで逃《に》げる準備が万端《ばんたん》だったくせに、あたしはコクコクとうなずいた。

ふふっと小夜子さんが笑う。それだけで、さっきよりずっと、この場所が明るくなったような気がした。

「お待ちしておりました。さあさあ、どうぞお入りください」

「あのっ、ここはいったい……」

「ここは、かねやま本館。中学生専門の湯治場《とうじば》でございます。とうじば、といいますのは、一定の期間滞在《たいざい》し、温泉に浸《つ》かり、心と体を癒《い》やす場所のこと。ご安心ください。ここは安全な場所でございます。そして、今のあなたに必要な場所です。きっと気に入りますよ」

「と、とうじば……？」

横からキヨが人差し指で空中に文字を書きながら説明を付けたす。

「お湯で、治す、場所って書いて、とーじば！」

「あ、なるほど。そういう字ね……」

中学生専門の湯治場、心と体を癒やす場所。

それがあたしに必要……？

なにもかもがわからない。なのに、この小夜子さんって人に言われると、なぜだか不安な気持ちがすうっと消えていく。

「さあ、靴《くつ》を脱《ぬ》いでお上がりください」

「……はい」

ぐしょぐしょの上履《うわば》き。ついでに靴下《くつした》も脱《ぬ》いで、上履きの中に突《つ》っこんだ。

自由になった裸足《はだし》の足裏に、板の間が気持ちいい。囲炉裏《いろり》の近くまで行くと、冷えた指先がじんわり温《ぬく》もってくる。

「小夜子さん！　あだ名、あだ名」

キヨが声をあげると、小夜子さんが「そうでしたそうでした」と、着物の懐《ふところ》から名刺《めいし》サイズの薄《うす》い木の板を取りだした。

「こちらが、ここの入館証です。期限や規則など細かいことは、のちほどキヨちゃんより詳《くわ》しくご説明させていただきますね」

小夜子さんの持っている木の板には、焼き印のような茶色い文字で、上のほうに**【有効期限、初来館より三十日。一日一回、五十分】**と書かれていて、下のほうに**【かねやま本館】**という赤い角印が押《お》されていた。

「ここでは本名ではなく、あだ名で呼びあう決まりになっておりますので、最初に呼び名を決めていただきます。どんなものでもかまいません。なににしましょうか？」

それなら、簡単。

「サーマで、お願いします」

「わかりました。サーマさん、ですね」

小夜子さんがそう口にした瞬間《しゅんかん》、木の板の真ん中に**【サーマ様】**という文字がジュワッと浮《う》かびあがった。

「うわっ！　なにこれ！　どうなってるの!?」

「どうぞ」

小夜子さんが差しだしてくれた木の板をおそるおそる手にとる。

手品？　それともハイテクな装置でも入っているとか？

板の裏や横を確認《かくにん》してみたけど、ただの薄《うす》い木の板で、なにか仕掛《しか》けがあるようには思えない。でも、たしかに木の板には**【サーマ様】**と、文字が記されている。

「まずはゆっくり温まってください。キヨちゃん、あとはお願いしますね」

「おうよ！　任せとけって」

小夜子さんは、「では、またのちほど」と小さく頭を下げると、紫色《むらさきいろ》の暖簾《のれん》の奥《おく》へと消えてしまった。

小夜子さんのいなくなった後には、甘《あま》く優《やさ》しい、優雅《ゆうが》な花の香《かお》りが残った。濃《こ》いのに、ちっとも嫌《いや》じゃない心地《ここち》のよい香《かお》り。

「月下美人《げっかびじん》」

キヨがつぶやいた。

「月下美人って花、知ってるか？　あれに似てんだろ、小夜子さんって」

月下美人なら、知っている。たった一度だけど、見たことがあるから。


あれは小学校三年生のとき。夏休みの終わりかけの夜「今夜咲《さ》きそうだよ」って、近所に住む祖母から電話がかかってきて、夜十一時に家族総出で祖母の庭まで見に行ったのだ。

月の光を浴びて輝《かがや》く、白く繊細《せんさい》な花びら。あまりに神秘的で、言葉にして感想を言ったらウソっぽくなりそうで、あたしはただただ黙《だま》ってそれを見つめた。いつもは騒《さわ》がしいうちの家族が、時間のせいもあったかもしれないけど、あのときだけはみんな静かだった。
「あたしたちが来なくても咲いたのかな、これ」と、小さな声でつぶやくと
「別に誰《だれ》が見てなくても咲くだろ。花なんだから」慈恵《じけい》はそう答えた。
でも、あのときあたしにはどうしても、この花が待っててくれたような、あたしたちの

ために咲《さ》いてくれたような、そんな気がしたのだ。

翌朝にはすっかりしぼんで、ウソみたいにみすぼらしい姿になってしまったけれど。


「一年に数回しか咲かないんだよね」

あたしがそう言うと、キヨが黒豆のような目を、クルッと丸くした。

「お。よく知ってんなぁ」

儚《はかな》げで、でも凜《りん》とした強さを持つ月下美人。なるほど。小夜子さんという人にぴったりだ。

頭の中に舞希《まき》の顔が浮《う》かんだ。

舞希はまちがいなく美少女だけど、小夜子さんの美しさに比べたらたいしたことない。最強の対抗馬《たいこうば》を見つけて、ちょっと良《い》い気分。

「さてと」

鼻の頭をかきながら、キヨがせきばらいをした。

「えー、じゃあ説明を始めます。ここは中学生専門の、日帰りの湯治場、かねやま本館でございやぁす！　源泉かけ流しがいちばんのウリで、その日のうちに、すっかりお湯が入《い》れ替《か》わる。だから、来るたびに新しいお湯に浸《つ》かれるってわけ。ほら、その入館証に、有効期限が書いてあるだろ？　その期間中は、第二保健室さえ開いていれば、好きなときに来られっから。ただし、一日一回、時間は五十分間。来る方法はもうわかったな？　床《ゆか》下《した》のハシゴを下りてくればいい」

「帰り道も同じ？」

「帰りは、もっと簡単だ。あとでわかる」

「……わかった」

「そんで、ここのお湯はふつうとはちょっと違《ちが》う。その日の、その人の心にぴったりの温泉が用意されてんだ」

キヨが「すっげぇだろ？」と、あたしを見上げる。

その人の心に……？

「そんな、まさかぁ！」

「その、まさかなんだな。で、ここからがいちばん大事だ。ここを楽しむためには、規則だけは守ってもらわなくちゃいけねぇ」

「規則？」

規則その一、紫色《むらさきいろ》の暖簾《のれん》は、けっしてのぞいてはならない。

規則その二、かねやま本館の話を、元の世界でしてはならない。


「いいか？　これだけはしっかり守ってくれよ」

「……わかった。でもいちおう聞いておくけど、その規則っていうのを、もし破っちゃったらどうなるの？」

キヨが急に真顔になった。

「ここでの記憶《きおく》をすべて失う。そして、もうここへは来られなくなる。えいきゅうに」

暖簾《のれん》の向こう側

「あんまりもたもたしてると、すぐ時間なくなっちゃうから気をつけろよ。残り時間は入館証見ればわかるから」

言われたとおりに木の板を見ると、さっきまで**【五十分】**と記されていたところが**【三十八分】**に減っている。じっと見ているうちに、それもぱっと**【三十七分】**に変わった。

どう見てもただの木の板なのに、キヨの説明によると「制限時間を示すタイマー」にもなっているらしい。

目の前には「女湯」のえんじ色の暖簾。

「この女湯の暖簾をくぐった後、また別の五つの暖簾がある。入館証の裏側に、色がついてるだろ？　その色と同じ暖簾が、今日のサーマの湯だ。他の色の暖簾をくぐるんじゃねぇぞ？　効能が違《ちが》うから」

「裏側?」

木の板を裏返してみると、くすんだ黄色に染まっていた。真ん中に**【からし色】**と書いてある。さっき見たときは、表側と同じ木の色だったし、なにも書いてなかったはずなのに。

「ちなみにな、来るたびにお湯の種類は変わるんだ。つまり、暖簾《のれん》の色も毎回同じとは限らないってわけ。まー、同じお湯に何度も呼ばれるってこともあるけどな」

「お湯に呼ばれる……?」

首をかしげるあたしに「細かいことは、そのうちわかるさ」とキヨは笑った。

「あ! あとそうだ。手ぬぐい、持ってきただろ?」

「え? あ。そういえば……」

銀山《かねやま》先生から渡《わた》された手ぬぐいを、スカートのポケットに入れていたんだった。

ぐにゃりと丸まった手ぬぐいを取りだす。

「そうそう、それそれ。温泉の効能を知りたくなったらな、その手ぬぐいをお湯に浸《つ》けてみな。そしたらわかるから」

「はぁ……」

「風呂《ふろ》からあがったら、あっちの橙色《だいだいいろ》の暖簾の奥《おく》に来ればいい。休憩処《きゅうけいどころ》になってっから。あ、タオルとか手ぬぐいとかは、脱衣所《だついじょ》のカゴに置いてきていいからな」

キヨは紫色《むらさきいろ》の暖簾《のれん》とは反対側の、橙色《だいだいいろ》の暖簾を指差した。

「紫色の暖簾じゃねぇぞ、橙色だ。絶対まちがえるんじゃねぇぞ」

「……うん。わかった」

「そしたら、まずはゆっくり温まってきてくれ」

「……じゃあ、行ってきます」

「おうよ！　ごゆっくり！」

キヨの楽しそうな声に見送られながら、あたしはこわごわ「女湯」の暖簾をくぐった。

キヨの言ったとおり、今度は五色の暖簾が現れた。
いちばん手前が**【紅梅色《こうばいいろ》】**と書かれたピンク色。
その隣《となり》が**【浅葱色《あさぎいろ》】**で、緑がかった青。
真ん中が**【からし色】**で、黄色。
その隣が**【亜麻色《あまいろ》】**で、淡《あわ》い褐色《かっしょく》。
そして、いちばん奥《おく》が**【雪色《ゆきいろ》】**で、薄《うす》い水色だった。

どれもちょっと彩度《さいど》を落とした色合いで、テレビとかスマホの画面でよく見るような「デジタル」な色とは違《ちが》う。「自然」の中にありそうな色、いわゆるナチュラル系。

念のためもう一度、木の板の裏側を確認《かくにん》する。紅梅色がかわいくていいなぁと思ったけど、あたしの色は何度見ても**【からし色】**だ。

「よし、いきますか」

【紅梅色】と**【浅葱色】**の暖簾《のれん》の前を通りすぎ、真ん中の**【からし色】**の暖簾をくぐった。

「ほう……」

中は小さな脱衣所《だついじょ》だった。

正面に格子戸《こうしど》があり、右側にはふたりがけの鏡台、手前にはレトロな水色の扇風機《せんぷうき》が一台置いてある。

左側の壁《かべ》には「ご自由にお使いください」と書かれた張り紙。備えつけの棚《たな》の上段に、きれいにたたまれた白いバスタオルと、空色の甚平《じんべい》が上下セットで並べられていた。下段には、からっぽのカゴがふたつ置いてある。

「ほんとにお風呂屋《ふろや》さんなんだ……」

格子戸《こうしど》の向こう側からは、すさまじい雨の音が聞こえる。手を伸《の》ばすと、戸はするりと簡単に開いた。

バチバチと降りそそぐ雨の中。夜の森にかこまれて、こぢんまりとした石造りの露天風呂《ろてんぶろ》があった。こんなにひどい雨なのに、かやぶきの屋根に守られて浴槽《よくそう》だけが静かだった。屋根の内側にぶらさげられた裸電球《はだかでんきゅう》が、黄褐色《おうかっしょく》の湯面にうつって揺《ゆ》れている。

もうなんの疑いようもない。はっきりと、鉄がさびたような温泉の臭《にお》いが、あたり一面に漂《ただよ》っている。

「……ってか、さっむ！」

冷たい外の空気に、ぶるっと体が震《ふる》えた。手元の木の板を見ると、残り時間が【三十三分】まで減っている。

「やばっ」

大急ぎで制服を脱《ぬ》いだ。木の板といっしょに、脱いだ服をバサッとカゴに投げいれ、手ぬぐいは首にかけた。

ちょっとおじさんくさい？　でも、まあいいか。誰《だれ》もいないし。

「ヒャッホー」

思いっきり叫《さけ》びながら、外に出る。すぐに冷たい雨が全身にバチバチ当たった。

「痛い痛い痛い痛い」

逃《に》げるように浴槽《よくそう》まで走る。体を洗う場所がないか見まわしてみたけれど、洗い場はない。代わりに小さな湯桶《ゆおけ》がひとつ、岩の上に置いてあったので、それで浴槽のお湯をすくって、肩《かた》からジャバーッとかけながらした。

「おお――――！」

熱い。結構、熱い。だけど雨があまりにも冷たいので、すぐに桶を放りだして、ためらわずに足を温泉に突《つ》っこんだ。そのまま首元まで一気に浸《つ》かる。その勢いで、浴槽からザァーッとお湯があふれだした。

「ふわぁぁぁぁ」

目をつぶって、縮こまった体を少しずつ伸《の》ばしていく。まずは、腕《うで》、それから手のひら。肩の力を抜《ぬ》いて、腰《こし》、お尻《しり》、ふくらはぎ、指先。体のあちこちに散らばっていた冷えが、順番に解きほぐれていく。

両手でお湯をすくって、バシャッと顔にかけた。さらりとしたお湯の感触《かんしょく》。皮膚《ひふ》の上からも下からも、温まってくるのを感じる。

はぁー……。

ゆっくりと、少しずつまぶたを開いていく。目を開けたら、全部が消えてしまうかもしれないと思って、そぉっとそぉっと慎重《しんちょう》に。

「……よかった。夢じゃない」

ちゃんとあたしは温泉に浸《つ》かっていた。うれしくてさらに鼻の下まで浸かると、首にかけていた手ぬぐいの端《はし》が、天女《てんにょ》の羽衣《はごろも》のように湯面にぷにゃりと浮《う》かび、すぐにお湯が染《し》みこんで沈《しず》んだ。

「あれ？　なにか書いてある……」

手ぬぐいの端をお湯の中から引きあげた。首からはずし、両手でパンと広げてみると、白い生地《きじ》に黄色い文字が浮かびあがっていた。

からし色の湯　効能：傷心

（温泉の効能を知りたくなったらな、その手ぬぐいをお湯に浸けてみな。そしたらわかる

から）

（その日の、その人の心にぴったりの温泉が用意されてんだ）

さっきのキヨの言葉がよみがえる。

「まさかぁー」

ひとりでケラケラと笑いながら、手ぬぐいを岩の上に置いた。適当にまるめて置いたはずなのに、ちょうど「傷心」の文字が上になって見える。

「傷心、ねぇ……」

（サーマって、しんどい）

モヤっとしたものが胸にこみあげてきて、振《ふ》りはらうように首を振った。

「舞希《まき》なんて、大《だい》っ嫌《きら》い」

吐《は》き捨《す》てるように声に出したとたん、毛穴からゆるゆるとなにかがお湯に溶《と》けだした気がした。

「嫌い、大っ嫌い」

もう一度口に出すと、やっぱり確実に「なにか」が体から抜《ぬ》けでた感覚がした。そして、それと同時に、お湯から黒い湯気がもくもくと目の前に立ちのぼったのだ。

「う、ウソでしょ……」

黒い湯気は、みるみるうちに人間の形になっていく。細く長い手足。毛先だけくるりと巻かれたロングヘアーに、小さな顔。

黒い湯気の中。ぼんやり透《す》けてはいるけれど、それはまぎれもなく舞希だった。

湯気の中の舞希が、あたしを見下ろしている。けっして二重あごになんかならない、細くて華奢《きゃしゃ》なあご。

そこからは、スローモーションだった。

「サーマって、しんどい」

舞希のピンク色の小さな唇《くちびる》が、その言葉を言うためだけに動く。一文字一文字が、不自然なほどていねいに発せられた。最後にばかにしたように鼻先で笑うと、黒い湯気の舞希は、まるで最初からなかったように一瞬《いっしゅん》でさっと消え去った。

「なに、今の……」

幻覚《げんかく》？

「しんどい」と言った舞希の唇の形。その残像が、目の前にありありと残っている。

「なんなの？　もうやだ。やめて。忘れたいんだってば！」

あたしは、ざばっと頭のてっぺんまでもぐりこんだ。

やめて。やめて。やめてやめてやめて！

なにもかも、忘れたい。思いだしたくない。

熱いお湯に、ゆらゆらと沈《しず》んでいく。あのとき、舞希たちに言いかえしたかった本当の気持ちが、抑《おさ》えようと思っても、どんどんせりあがってくる。

突然《とつぜん》そんなこと言うのって、すっごい意地悪だよね？　しかも、三対一で！

人に言われて嫌《いや》なことはしない、って、学んでこなかったの？　なんでそんなひどいことが言えるの？　最低、最悪！

温泉の中に、自分が溶《と》けていくんじゃないかと思った。それほどまでに、あたしはお湯に向かって、心のうちのすべてを叫《さけ》んでいた。

……のぼせる。

苦しくなって、顔を出した。息を思いっきり吸って、よろよろと湯船からはいでると、冷たい雨のシャワーが体に当たった。さっきはあんなに冷たく感じたけど、火照《ほて》った体にはちょうどいい。

雨といっしょに、澄《す》んだ冷気が肺に流れこんでくる。

岩に置いていた手ぬぐいを手にとると、ひんやりと冷たくなっていた。

手ぬぐいを顔にぎゅっと押《お》しあてる。かぁっと熱くなっていた肌《はだ》が、急速に冷やされていく。

「はぁ……」

体が軽い。頭の中まで、すっかりからっぽだ。

上を向いて、しばらくそのまま雨に打たれた。まるごと自分が洗いながされていくみたいだ。

そのうち、体がすっかり冷えてきた。温まろうと、もう一度お湯に入ろうとしたところで、やっと制限時間のことを思いだし、あたしはあわてて脱衣所《だついじょ》に戻《もど》った。

入館証を確認《かくにん》すると、残り時間は【二十分】。急いで制服を着ようとして、はたと気づく。

「制服が、ない」

入館証といっしょに、たしかにこのカゴに入れたはず。それなのに、カゴの中には入館証があるだけだった。制服だけじゃない、下着まで、そっくりそのままなくなっている。

隣《となり》のカゴや、他の棚《たな》も確認してみたけれど、どこにもなかった。探している間に、制限時間は【十八分】まで減ってしまった。

真《ま》っ裸《ぱだか》でうろつくわけにもいかない。どうしよう、とうろたえていると「ご自由にお使いください」の張り紙が目に入った。さっきは気づかなかったけど、畳《たた》まれた空色の甚平《じんべい》の横に、半透明《はんとうめい》のビニール袋《ぶくろ》に入った新品の下着セットまで置いてある。

……ご自由にって書いてあるんだから、いいんだよね？

ベリッとノリの付いたビニール袋を開けて、下着を着ける。まるであたしのためにあるように、ピタッとサイズが合った。そのまま、空色の甚平にも袖《そで》を通す。

「うわぁ、気持ちいい〜」

しっかりした生地《きじ》なのに、ガーゼのような肌触《はだざわ》り。驚《おどろ》くほど軽くて涼《すず》しい。こんな着心地《きごこち》が良《い》い服、今まで着たことがない。

おっ、まずい。感動している間に、制限時間が**【十六分】**まで減っている。

バスタオルを頭にかけたまま、あたしは大急ぎで**【からし色】**の暖簾《のれん》の外に出た。

休《きゅう》憩《けい》処《どころ》

広間まで戻《もど》り橙色《だいだいいろ》の暖簾《のれん》をくぐると、あぐらをかいたキヨが待ちかまえていた。

中は、十畳《じょう》ほどの和室だった。若々しい緑の畳《たたみ》に、横長の低いテーブルが二台。そこに色とりどりの丸い座布団《ざぶとん》が並んでいる。

正面奥《おく》には円形にくり抜《ぬ》かれた大きな窓。その奥には、灯籠《とうろう》に照らされた夜の森が見える。

雨はまだ降りつづいているようで、窓に大きな雨粒《あまつぶ》が無数についていた。

「どうだった？　初風呂《はつぶろ》は」

「……なんかすごい、スッキリした」

「そうかいそうかい。なら、よかった」

キヨはそう言いながら、白いすり鉢《ばち》を抱《かか》えてなにやらグリグリとかきまわしている。

「なにやってるの?」

「練ってんだよ、カラシ」

「カラシ?」

「そ。小夜子《さよこ》さんが、大根煮《に》てくれるっていうから。大根の煮物には、ぜってぇ必要だろ? うんまいカラシが」

「………」

どう見てもあたしより幼いのに、ずいぶんとおじさんくさい趣味《しゅみ》だ。

「君、いったいいくつなのよ?」

「オレ? うーん。いくつに見える?」

「なんだその、おじさんみたいな返しは。たぶん七、八歳《さい》。小学校低学年くらいでしょ?」

「そっか。じゃあそれでいい。サーマが思うとおりの年齢《ねんれい》で」

「なんで隠《かく》すのさー。すっごいモヤモヤするんですけど」

「ヒミツヒミツ」と、キヨが笑った。

「ごゆっくりできましたか?」

橙色《だいだいいろ》の暖簾《のれん》から、お盆《ぼん》を持った小夜子さんが現れた。ああ、何度見てもため息が出てしまうほどきれい。

「お。きたきた！　うっひゃー、うまそうな匂《にお》い！」

お盆には、湯気の立った大根の煮物《にもの》と、グラスに入ったお水がのせられている。

「喉《のど》が渇《かわ》きましたでしょう？　お冷やどうぞ」

そういえば、からっからだった。お礼を言うのも忘れて、あたしはグラスの水を一気に飲み干した。キンキンに冷えていて、滑《なめ》らかで甘《あま》い。渇いた体が一気に潤《うるお》う。

「キヨちゃん。よく練れました？」

「まあな」

キヨはそう言って、白いすり鉢《ばち》を小夜子さんに渡《わた》した。

「うん。とってもよく練れてます。いいカラシですね」

小夜子さんは満足げにうなずくと、小さなスプーンでカラシをすくいとり、大根の煮物の上にちょこんと添《そ》えた。白く透《す》き通《とお》った丸い大根に、黄色いカラシが映《は》える。

「さあ、おふたりともどうぞ召《め》しあがってください」

「いっただきまぁーすっ！」

キヨは、小夜子さんから奪《うば》うように器《うつわ》を受けとると、すぐさまバグッと大根にかぶりついた。

「ほほー。うんめぇ！」

はふはふ言いながら食べるキヨを見ていたら、ヨダレが口の中に充満《じゅうまん》してきた。

「あたしも、いただきます！」

小夜子さんから器を受けとり、カラシをお箸《はし》で全体に伸《の》ばす。ふーふーと息を吹《ふ》きかけてから、ひとくち口にした。

ツンと鼻に抜《ぬ》けるような辛《から》さに続いて、ジュワ～っとだしが染《し》みこんだあったかい大根の甘《あま》さが舌に広がる。

素朴《そぼく》で、どこか懐《なつ》かしい味。すごく、すごく、すごく、おいしい！

ポッと灯《あか》りがついたみたいに、お腹《なか》が温まっていく。同時になんだか胸が一杯《いっぱい》になって、急に涙《なみだ》がこみあげてきた。

「あれ。おかしいなぁ」

大根を食べながら目元をごしごしこするあたしを、小夜子さんとキヨが、柔《やわ》らかい眼差《まなざ》しで見つめている。

「……サーマさん。カラシの種って、じつはまったく辛《から》くないって知っていましたか？」

小夜子さんの言葉に、あたしは首を横に振《ふ》った。

「じつはね、カラシの元となる、カラシナの種には辛味《からみ》成分が存在していないんですよ。つまり、種をそのまま口にしても、ちっとも辛くないんです」

「じゃあなんで、カラシは辛いんですか？」と、あたしは鼻をすすった。

「水を混ぜて『練る』という作業によって、辛味成分が作られるんです。カラシは怒《おこ》って溶《と》け、という言葉があるのをご存知ですか？　あれはね『しっかり練りなさい』という意味なんですよ。強くかきまぜることで、辛味成分がたくさん生まれるんです」

「へぇ……」

知らなかった。カラシがもともとは辛くないなんて。

「ちゃんと練ることでしか、ピリッと辛い、おいしいカラシにはなれないんです。だからね、サーマさん」

小夜子さんが、あたしを真正面から見つめた。

「怒りたいときは、怒っていいし、泣きたいときは、泣いていいんです」

「え？」

「がまんしなくていい。悲しいとき、くやしいとき、思いっきり気持ちを吐きだしていいんですよ」

小夜子さんはそう言って、目を細めて微笑《ほほえ》んだ。全部を柔《やわ》らかく包みこむような、ひだまりみたいな微笑み。

いつの間にか、あたしの頬《ほお》に涙《なみだ》がぽろぽろこぼれていた。

人の悪口は言っちゃいけない。なにか思っても口に出さない。それが人気者のルールだと自分で自分に課していた。くやしくても、悲しくても、それを口に出すことは、やっちゃいけないことなんだって。

「気持ちを相手にぶつけることは、いいことではないかもしれません。でも、それと、自分の気持ちを吐きだすことは、ぜんぜん違《ちが》うものだと思うんです。苦しい気持ちは、上手に吐きだせばいいんですよ」

涙が止まらなくなったあたしの背中を、小夜子さんがさすってくれた。

「そうそう！　ここで、全部吐きだしゃいいんだ」

口元にカラシをつけたキヨが、そう言って隣《となり》で笑っている。

「あ、あたし……」

心の底にためこんで、すっかりこびりついていた気持ちが、ぷよぷよと浮《う》かびあがってくる。

しんどいって言われて傷ついた。すごくすごく恥《は》ずかしかった。

みんなに嫌《きら》われたくなかった。誰《だれ》からも好かれる自分でいたかった。

あんなに期待していた東京での新生活。それがこんなことになっちゃうなんて、悲しい。悲しくてたまらない。

小さな子どもみたいに、畳《たたみ》に突《つ》っぷしてわんわん泣いた。はじめて会った人たちの前でこんなに泣いちゃうなんて……。

小夜子さんは、ずっと背中をなでてくれていた。

声を出して泣くなんて、ずいぶんひさしぶりだ。胸のつかえが、苦しい思いが、少しずつ薄《うす》れていく。

「上手上手。サーマさんはきっと、とっても良いカラシになれますよ」

小夜子さんがそう言った。

そのとき、除夜《じょや》の鐘《かね》のような低音の音が、窓の外、遠く向こう側から響《ひび》いてきた。

ゴォォォォォン

次の瞬間《しゅんかん》。

あたしは保健室のベッドの上にいた。

銀山《かねやま》先生がニヤリとのぞきこんでいる。あいかわらずの黄ばんだ八重歯《やえば》。

「ぎゃあ！」

思わず声をあげて、ベッドからずり落ちた。

銀山先生は不気味な笑い声を立てると、しゃがみこんでなにかを拾った。

「あっ」

拾いあげたのは、名刺《めいし》サイズの薄《うす》い木の板。先生は、それをあたしの鼻の前に差しだすと、声をひそめてこう言ったのだ。

「湯加減、どうだったかい？」

帰宅

「せ、先生は何者なんですか？　あそこはいったい……」

とたん、銀山《かねやま》先生の目がきゅっと鋭《するど》くなった。

「規則、忘れてないだろうね？　またあそこに行きたいんだったら、しっかり守るんだよ。この部屋を一歩出たら、一切《いっさい》あそこの話はしちゃいけない。わかったね？」

「あ……」

そうだ。


規則その一、紫色《むらさきいろ》の暖簾《のれん》は、けっしてのぞいてはならない。

規則その二、かねやま本館の話を、元の世界でしてはならない。

かやぶき屋根のかねやま本館も、キヨも、小夜子《さよこ》さんも、そしてあの不思議な温泉も、すべてくっきりと記憶《きおく》されている。今もまだ、背中に小夜子さんの手の温《ぬく》もりが残っているくらいだ。

「さ、元気になった人は教室へ戻《もど》りな。ほら、さっさと上履《うわば》き履《は》いて」

「ちょ、待ってくださいよ。この部屋を一歩出たらってことは、ここにいる間はギリギリ話してもいいってことなんですよね？」

「まあね」

「だったら、教えてください。あたしが見てきたあの場所は、なんなんですか？　ここにこれがあるってことは、夢じゃないんですよね？」

今さっき銀山先生から手渡《てわた》された木の板は**【かねやま本館】**の赤い角印が押《お》された入館証にまちがいなかった。

先生は「ほらほら、早く履きな」と、あたしの上履きをベッド側に寄せながら、

「あんたはどう思うのさ？」と逆に聞いてきた。

「え。あたし？　あたしは……」

気持ちを全部吐《は》きだせた温泉。ピリリとカラシの効いた、たまらなくおいしかった大根

の煮物《にもの》。美しく大らかな小夜子さん、愛くるしいキヨ。どこもかしこも優《やさ》しさで包まれていた、あの場所。

「夢なんかじゃ困る。だって、また行きたい。絶対また会いたい」

銀山先生の鼻から、息がふっと抜《ぬ》けた。

「じゃあ、あんたの思うとおりまた行ける。さあ、ほら履《は》いて」

うながされるまま、上履きを履いて驚《おどろ》いた。

上履きは、ほんの少しも濡《ぬ》れていなかった。あんなにぐっしょり、灰色に変色するほど濡れていたはずなのに。

上履きだけじゃない。そういえば、いつの間にか制服を着ている。さっきまで空色の甚《じん》平《べい》で、新品の下着まで着けていたはずなのに、すべてがすっかりいつもどおりに戻《もど》っている。いや、戻っているわけではないか。だって、いつもよりずっと着心地《きごこち》が良《い》い。まるでお日様の下で干したように、パリッとして。

「ほれほれ、行った行った」

銀山先生はベッドをかこっていたカーテンを、勢いよくシャーッと開けると、あたしの背中をぐいぐい押《お》した。

「ちょちょちょ、ちょっと待ってよ！」

保健室の入り口からつんのめるように廊下《ろうか》に出されてしまった。

「今日はもう終わり。またおいで」

背後で、ピシャッと引き戸の閉じる音がした。

「ちょっと！　先生！」

振《ふ》りむいたあたしは、ただ唖然《あぜん》とするしかなかった。

【第二保健室】は影《かげ》も形もなく、目の前にあるのは**【備品倉庫】**と書かれた分厚い灰色の引き戸だったのだ。

「ウソでしょ」

開けようとガタガタと全力で揺《ゆ》らしたけれど、しっかり鍵《かぎ》がかかっている。

「あなたどうしたの？　そこ備品倉庫だけど」

隣《となり》にある「本物の」保健室からスズパンが顔を出した。

「あ！　いえ。……なんでもないです！」

あたしはスズパンに頭を下げて、逃《に》げるように階段へと走った。

「顔色良くなってる！　よかったぁ、安心したよ」

教室に戻《もど》ると、すぐにアベちゃんとシノちゃんが声をかけてくれた。舞希《まき》たちは、ちらりとこちらを見ただけで、なにも言ってはこない。アベちゃんたちも、この空気になにかを感じたようだった。

「もしかして、舞希ちゃんたちとなにかあった……？」

ふたりの目が、しょぼしょぼと心配げに瞬《またた》く。首を曲げて苦笑いすると、シノちゃんが手を握《にぎ》ってくれた。

「元気出してね、まえみちゃん」

「うん、ありがとう。大丈夫《だいじょうぶ》」

舞希たちの態度が気にならないわけじゃない。だけど強がりじゃなく、今朝よりもずっと「大丈夫」になっていた。


帰宅したら、母は上機嫌《じょうきげん》だった。

「今日ねぇ、まえちゃんが行った後すぐ、慈恵《じけい》も学校行ったのよ。あ、やっぱり会わなかった？　例のごとく保健室なんだけどね。でもさぁ、それでもママは満足！　うれしくて慈恵の好物たくさん作っちゃった」

食卓《しょくたく》には、餃子《ギョーザ》、ハンバーグ、豚肉生姜焼《ぶたにくしょうがや》き。ずらりと並ぶ、茶色いメニュー。

苦笑いするあたしを気にもせず、母は鼻歌を歌いながらシメジをバターで炒《いた》めている。

「おでんがよかったな、あたし」

小夜子さんの大根の煮物《にもの》を思いだし、思わずそうつぶやいてしまった。

「おでん？　ちょっと季節はずれじゃない？」

「……だよね。なんでもない」

あたしは、自分の部屋に荷物を置きに行った。ドアを閉めて、そっとスカートのポケットから入館証を取りだす。

【有効期限、初来館より一か月（残り二十九日）】

「あれ」

日数が一日少なくなっている。

でも、まだ二十九日ある。つまりあと二十九回はあそこに行けるんだ。

入館証を握《にぎ》りしめながら、そっと目を閉じる。

まぶたの裏側に浮《う》かぶ、かねやま本館。

（サーマさんはきっと、とっても良いカラシになれますよ）

小夜子さんの言葉を胸の中で繰《く》りかえしてみる。

ちょっとだけ強い人間になれたような、そんな気がした。


翌朝の朝食は、はちみつチーズトーストだった。ふだんは絶対買わないヨーグルトドリンクまで用意している。

いくら慈恵のご機嫌《きげん》をとるためとはいえ、ちょっと必死すぎないか？

「あたしベーコンレタスサンドがいいって言ったじゃん。ってか、なんで慈恵だけヨーグルトドリンク二本なわけ？　あたしにももう一本ちょうだいよ」

「慈恵がちゃんと学校に行けるように、まえちゃんも協力してよぉ。ヨーグルトくらいいいじゃない、慈恵のほうが身長大きいんだし」

学校を休んでいるのは慈恵の勝手なのに、この特別扱《とくべつあつか》い。

「ここまでしなくても、慈恵は大丈夫《だいじょうぶ》だって」

「なんでそんなことわかるのよぉ。言っとくけど、一か月も休んでたんだからね？　やっと保健室に行けるようになったんだから、このリズムつかまないと」

「そう。今が大事」新聞を読んでいた父が顔を上げる。

「なんとか夏休み前には復活してもらわないと。慈恵の人生に関わるからなぁ」

「そんな大げさな」とあたしが笑うと、めずらしく真面目な顔で父が反論した。

「大げさじゃないよ。いい高校に行って、モチベーションが高い子たちと勉強しないと、いい大学に入れないだろ？　会社入ってから苦労するのは慈恵なんだよ。そのためにも中三のこの時期は大事。今は落ちこんでる場合じゃない」

「そうそう。そうなのよねぇ」

父に激しく同意する母を横目に、あたしは衝撃《しょうげき》を受けていた。

「……お父さん。急にどうしちゃったの？」

ぽかんとするあたしに、父は「なにが？」と眉根《まゆね》を寄せる。

いやいやいやいや！「なにが？」じゃないでしょ。流されやすい母ならともかく、父がそんなこと言うなんて。子どもには自由に、好きなように生きてもらいたいんだよなーって、断然そっち派だったよね？

あたしの視線に耐《た》えられなくなったのか、父はさっと目線を新聞に戻《もど》した。

「……厳しいことを言ってるように聞こえるかもしれないけどさ、優秀《ゆうしゅう》な人は、世の中に星の数ほどいるんだよ。その中で戦いぬいていくためには、やっぱり自分が優秀《ゆうしゅう》になるしかないんだって」

まるで自分に言い聞かせるみたいに、父はそう言った。もみあげの白髪《しらが》が、以前より増えている気がして、あたしは思わず視線をそらしてしまった。

（東京進出、バンザーイ！）

転勤が決まり大盛りあがりだった三月が、遠い昔のように感じる。思いえがいていたようには、人生そううまくいかない。

新潟《にいがた》のあっちゃんや、たかやん。八小《はちしょう》のみんなはどうしているだろう。声が聞きたいけど、楽しそうな声を聞いたら絶対に凹《へこ》む。戻《もど》りたいって思うに決まってる。だから、まだ連絡《れんらく》する気にはなれない。みんなごめん。手紙もメールもたくさんくれてるのに。


今日も舞希たちはあいかわらず、露骨《ろこつ》だった。

目が合っても視線をそらすし、こちらを見てから香奈枝《かなえ》とコソコソ話をしたりする。千《ち》紗《さ》はおどおどと視線を泳がせながらも、舞希と香奈枝のそばを離《はな》れない。

アベちゃんやシノちゃんたちが優《やさ》しくしてくれたおかげで、ひとりにならずに済んだし、昨日のようにお腹《なか》が痛くなったりもしなかったけど、舞希たちの態度は不快だった。

昨日、温泉でさんざん吐《は》きだしたはずだったのに、また心の中に黒いドロッとした塊《かたまり》が浮《う》きあがってくる。消そうとしても、それは何度も浮上《ふじょう》してきて、どんどん心を支配していく。

舞希たちに見せつけるように、アベちゃんたちと楽しく会話をした。大げさなほど声を出して笑ったし、落ちこんでるそぶりは一切《いっさい》見せなかった。

負けてたまるか。

どんなに笑顔《えがお》を作っていても、視界の端《はし》っこで常に舞希たちを意識していた。

ばちが当たればいいのに。

呪《のろ》いをかけるように、心の中でののしりつづける。だけど、表向きは明るくふるまった。心の中は真っ黒なのに、爽《さわ》やかな笑顔を作れるなんて技《わざ》が、自分にできるなんて今まで知らなかった。

帰り道、ひとりになると肩《かた》の力が抜《ぬ》けてほっとした。一日中、自分の体がいかにこわばっていたかを実感する。

結局、今日は「かねやま本館」に行けなかったなぁ……。

逃《に》げていると思われたくなくて、教室から離《はな》れられなかった。

胸ポケットからそっと入館証を出す。今日一日をいっしょに戦っていてくれたような気になって「あたし、がんばったよね？」と、木の板に向かってひとりごちた。

そのとき、有効期限の**【残り二十九日】**という文字が、シュウッと板に吸いこまれるように消えた。

「えっ」

板を食い入るように見つめる。

消えてしまった部分に、今度はゆっくりと文字が奥《おく》から浮《う》きあがってくる。

【残り二十八日】

「また減っちゃった……」

振《ふ》りかえると、夕焼けで赤く染まっていく住宅街の隙間《すきま》から、校舎の屋上が小さく見えた。

「行けばよかった……」

校舎の方向から何羽《なんわ》か連れだったカラスの鳴き声が聞こえた。

他校生

今日こそ、なにがなんでも行く。

朝の六時半。こんな時間に開いているかどうか正直わからなかったけど、ちゃんと学校は開いていた。

人気《ひとけ》のない廊下《ろうか》にパタパタと自分の足音が響《ひび》く。上履《うわば》きの音って、こんなふうに響くんだ。大勢の生徒がいるときとは違《ちが》って、今はこの校舎があたしのためだけに存在している気がした。

教室へは行かず、保健室のある一階に直行する。そこに銀山《かねやま》先生がいることは、校舎に足を踏《ふ》みいれた瞬間《しゅんかん》から確信していた。校舎内に充満《じゅうまん》している、この臭《にお》い。廊下の奥《おく》に行けば行くほど、どんどん濃《こ》くなっていく。

一階の端《はし》にある、保健室の前で立ちどまった。

【第二保健室】

ひとつ奥《おく》の入り口に、しっかりとプレートが突《つ》きでている。

「あった……！」

震《ふる》える手を、引き戸に伸《の》ばす。

自動ドアかと思うほどするりと開いたので、びくっとのけぞった。

「来ると思ったよ」

顔を出した銀山先生は、いつにも増したボサボサ頭。その背後には、舞台《ぶたい》のスモークのように充満《じゅうまん》した白い煙《けむり》と、強い硫黄《いおう》の臭《にお》い。

びっくりしたせいで心臓がバクバク早打ちしている。胸を押《お》さえながら呼吸を整え、顔を上げて先生の目を真正面から見つめた。

「……開いて、いるんですよね？」

「あんたのために開けてある。さあ、今日も手ぬぐいを持っていきな」

先生はそう言って、新しい手ぬぐいをくれた。その後ろで白い煙がシューッと音をたてながら、床《ゆか》をはうように奥へと立ちこめている。

床下《ゆかした》の扉《とびら》は、しっかりと開かれていた。あたしが近づいたのと同時に、待ってましたと言わんばかりに煙《けむり》が断《た》ちきれ、あの美しいハシゴが姿を現した。

しゃがみこみ、引きよせられるようにハシゴに足をかける。

「さあ、ゆっくり休んどいで。あんたには正しい休息が必要」

あたしが三段目まで下りたのを確認《かくにん》してから、銀山先生はゆっくりと床下《ゆかした》の扉《とびら》を閉めた。


出口をくぐると、外はやっぱり雨の夜だった。

前回のような大雨ではなく、細い霧《きり》のような雨が夜の森を覆《おお》っている。かねやま本館が放つオレンジ色の灯《あか》りが、雨の筋を輝《かがや》かせていた。

「来られた……」

傘《かさ》なんか必要ない。

「やったぁぁぁぁ」

雨の中をぴょんぴょん飛《と》びはねた。柔《やわ》らかい雨が全身を覆う。雨なのに、冷たいのに、なんでこんなに心地《ここち》いいんだろう。

森の一部になったみたいだった。半袖《はんそで》のシャツから伸《の》びた腕《うで》に、さぁっと音をたてて雨《あま》粒《つぶ》がついていく。

飛《と》びはねたりくるくるまわったりしながら、かねやま本館の前に着いた。浮《う》きたった気持ちのまま、ガラス戸を勢いよく開ける。

すぐに小夜子《さよこ》さんが、紫色《むらさきいろ》の暖簾《のれん》から出てきた。

「いらっしゃいませ。そろそろかとお待ちしておりました」

ふっと、「規則その二」が頭をよぎる。


規則その一、紫色の暖簾は、けっしてのぞいてはならない。


あの暖簾の向こう側には、いったいなにがあるんだろう。小夜子さんは、どこからやってくるんだろう。のぞいてはならない、と言われるほどに、どうしても気になってしまう。昔話の『鶴《つる》の恩返《おんがえ》し』みたいだ。あの話に共感したことなんて一度もなかったけど、今ならわかる。「見ないで」と言われると「見たくなる」。これが人間の心理ってもんだ。

でももちろん、あたしはがまんするけど。

「サーマさん？　どうかしました？」

「あ！　ど、どうも。こんにちは。じゃなくて、こんばんは？　なのかな。あ、あはは」

雨が染《し》みこんで、シャツが体にペタリと貼《は》りついている。今さっき雨の中ではしゃいだことが急に恥《は》ずかしくなった。

「ずいぶん濡《ぬ》れてしまいましたね。さあ、どうぞお上がりください。入館証はお持ちですか？　裏側に書かれている色が、今日のサーマさんのお湯でございます」

「はい。ちゃんと持ってきました」

スカートのポケットから入館証を取りだし、くるりと裏返してみる。

「ありゃ！　真っ黒」

入館証の裏側は一面黒く染められていた。真ん中には白抜《しろぬ》きの文字で**【漆黒色《しっこくいろ》】**と書かれていた。


キヨが前に言っていたとおり、前回とは暖簾《のれん》のカラーバリエーションが微妙《びみょう》に違《ちが》っていた。

手前の二色、**【紅梅色《こうばいいろ》】**と**【浅葱色《あさぎいろ》】**は前もあったはずだけど、それ以外の色はお初だ。新色の**【生成色《きなりいろ》】**と**【茜色《あかねいろ》】**の暖簾を通りすぎ、あたしは入館証の指示どおりいちばん奥《おく》の【**漆黒色**】の暖簾《のれん》をくぐった。

その名のとおり、だった。

黒く四角い、木の露天風呂《ろてんぶろ》。そこからあふれでているのは、これまた真っ黒なお湯。周りを取りかこむように、ごつごつした岩が夜の空に向かって重なっている。そのてっぺんに置かれた古いランプが、黒い湯船をぼやんと照らしていた。

屋根がないせいで雨が当たるけど、ほとんど霧《きり》のような小雨《こさめ》だし、いやじゃない。むしろ、湯面に細かい雨粒《あまつぶ》が落ちるのも、優《やさ》しい雨の音も、これぞ露天風呂って感じがする。

それにしても、こんなに黒いとは。

習字で使う墨汁《ぼくじゅう》を煮詰《につ》めたらこんな感じなのかも。お湯に浸《つ》かったら、黒すぎて胸から下はもはや確認《かくにん》できない。

見た目のインパクトからは想像できないほど、臭《にお》いはごくごくふつうの硫黄臭《いおうしゅう》だった。熱すぎず、ぬるすぎない温度もいい。

「そうだそうだ、効能効能〜っと」

手ぬぐいをお湯に浸《ひた》すと、黒い文字で効能が浮《う》かびあがった。

漆黒色の湯　効能：内省

「反省」だったらわかるけど「内省」？　どんな意味なんだろう。

肩《かた》までお湯に浸《つ》かる。少しして、真っ黒のお湯に泡玉《あわだま》がボコボコッと湧《わ》きあがった。それは黒い湯気となって、たちまち人形《ひとがた》にかたどられていく。

また舞希《まき》が出てくるんじゃないかと身構えたけど、今回は違《ちが》った。

湯気の中から出てきたのは、まさかの「あたし」だった。制服姿のあたし自身が、こっちを見下ろして**「人気者のサーマは、このあたし」**と笑いながら言ったのだ。

「ぎゃあ！」

次の瞬間《しゅんかん》には、もう跡形《あとかた》もなく消えていた。

「なに、今の……」

自分自身の姿を、鏡や動画以外で見るのははじめてだ。勝手にしゃべりだした自分を目《ま》の当《あ》たりにして、せっかく温まった体中に、いっせいに鳥肌《とりはだ》が立つ。

あの、人を見下げたような笑い方。あれが……「あたし」？

「うそやん！」

突然《とつぜん》、背後で声がした。びっくりして反射的に振《ふ》りかえると、入り口に同世代くらいの女の子が真《ま》っ裸《ぱだか》で立っていた。

無造作なお団子頭をしたその子は、目が合うなり「まじか」とつぶやき、すぐさま脱衣《だつい》所《じょ》に戻《もど》っていった。開け放たれた戸口からガザガザと音がした後、手ぬぐいで体を隠《かく》しながらその子が再び顔をのぞかせた。

「こんな早い時間に誰《だれ》かいると思わんかった。思いっきし油断してたわ」

そう言いながら手ぬぐいを岩の上に置くと「さむさむ」と言いながらドボンとお湯に入ってきた。すると、浴槽《よくそう》から、またさっきのように黒い湯気が立ちのぼった。それはみるみるうちに、制服を着た彼女《かのじょ》自身《じしん》の姿に変わった。

「おもろな。みんな話にオチがないねん」

湯気の中のその子は、うんざりした顔でそう言うと、またたく間にかき消えた。

「……うっわぁ、最悪や。うちってば、なんちゅう感じの悪さ」

女の子は「ほとほと自分が嫌《いや》になるわ」と、目元を手で押《お》さえながら、ながーいため息をついた。

「あ、あの、大丈夫《だいじょうぶ》？」

女の子があまりにも落ちこんでいるので、あたしは思わず声をかけた。

「ああ、ごめんなぁ。いや、うち漆黒色の湯は、はじめてちゃうねんで？　でもなぁ、やっぱり落ちこんでまうわ。自分って人間の汚《きたな》さに、もう心底がっくし」

はぁー、ほんまいややぁ、と女の子は再びうなだれた。

「えーっと、あのさ、あたしは佐藤《さとう》まえみっていうんだけど、あ、ちなみにあだ名はサーマね。あなたは……？」

顔を上げたその子は、このお湯のせいで右頬《みぎほお》がちょっぴり黒くなっている。

「ああ。うちは、小瀬川亜利沙《こせがわありさ》。ここでのあだ名はアリ。あんたはここ来るの何回目なん？」

「二回目」

「へぇ。新人さんなんや。ちなみにうちは今日で十一回目。ほんで、こっちは中一なんやけど、そっちはいくつなん？」

「あたしも中一。えっ、あなたも久保《くぼ》ノ宮《みや》中学の生徒？」

「いや、ぜんぜんちゃう。うちは長野県《ながのけん》の浅込中《あさごめちゅう》。でも、同い年なんやな。ほんなら話しやすいわ。でも、ええなぁ。二回目ってことは、まだまだ充分《じゅうぶん》来れるやん」

「え！　ちょ、ちょっと待って。長野県？」

「そうやで。そっちは、どこ？　その久保ノ宮ってのがあるんは」

「東京の杉並区《すぎなみく》だけど……。え、え、え、待って待って待って、どういうこと？」

アリはふぅっと息を吐《は》いてから、岩の上の手ぬぐいを頭にのせた。

「なんでかはうちにもわからんけど、全国の中学校に、ここはつながってんねん。ほんでうちは、長野県の浅込中の第二保健室からここに来てんねん。銀山先生に導かれて、床下《ゆかした》のハシゴを下りてな。ほんの十分くらいやで、ここ来るまで。あんたもそうやったやろ？」

「そうだけど、そんなことって……」

「深く考えても、答えは出えへんからムダやで。とにかく今、この時間を大切にしよ」

十一回も来ているこの子が言うんだから、きっと本当に考えるだけ無駄《むだ》なんだろう。それにしても、現実とは思えないことばかりが、次々と起きる。

アリは頭の上の手ぬぐいをとると、黒いお湯にチャポンと浸《つ》けた。

「……なあサーマ。このお湯の効能、意味わかる？」

「ううん。わかんない」

「うちな、この黒いお湯に入るのこれで四回目やねん。ほんでいちばんはじめな、読み方も意味もわからんかったから、家帰って辞書で調べてん。これな、ナイセイって読むんやて。深く自分を省《かえり》みるって意味。自分とじっくり向きあうってことやな。それが効能ってどういうことやねんって辞書相手につっこんだわ。でもな、二、三日たってからやったかな、このお湯の効き目が出はじめて」

「効き目？」

「そやねん！　ここの温泉はな、効能によって、いろんな黒い湯気が出る。自分の内側にある思い、気にしてることとか、傷ついたこととか。あとは本当の自分の姿な。そういうのんが湯気になって湧《わ》きあがんねん。さっきの感じ悪いうちの姿、見たやろ？　自分があんな感じ悪い人間やなんて、ここ来るまでちっとも思わんかった。恥《は》ずかしい話なんやけど、うちなぁ、こんなんでも自分に自信あってん。女《じょ》バスのキャプテンもやってたし、いつでもどこでもうちはリーダーっていう自信があったんやなぁ。実際友達も多かったし」

ドキッとした。なんか、あたしと似てる……？

「中学入学と同時に、大阪《おおさか》から長野に引《ひ》っ越《こ》したんやけどな、最初、不安とかぜんぜんなくてな、どこでも人気者になれるって思ててん。どこ行っても大丈夫《だいじょうぶ》やって、もう自信マンマン。まあでも人生そんな甘《あま》ないよな。一か月前くらいからかなぁ、アリは言い方がきっつい。大阪ではそれで通じたかもしれないけど、みんな傷ついているんだよって、仲間内からはじかれたんや。なににそんな傷ついたん？　みんなメンタル弱ない？　って返した。もともと気は強いほうやし、ずっとこのノリで友達いっぱいおったしなぁ。

　そしたらな、みんなが、冷たい目でうち見て言うねん。そういうとこだよって。アリのそういうところが合わないの、やて。さすがのうちも、ガーンってハンマーで打たれた気分やったわ。合わないって言われたら、もうなにも言えへん。嫌《きら》いとか言われたほうがまだマシや。合わないって、もうシャッター下りたんでごめんなさいね、っていう事後報告やんか」

　話しているうちに、そのときの気持ちがよみがえってきたのか、アリは下唇《したくちびる》をかんだ。

「ここに来て、このお湯に浸《つ》かるまではな、あいつら性格悪すぎんねん、って相手側のことばっかり悪く思てた。うちはずっと人気者やったんや。おまえらの見る目がないねんって。だけどな、このお湯に浸かってから、少しずつ自分のこと考えるようになってな。うちにも、なにか問題あったんちゃうか？　みんなを遠ざけてしまうようななにかをしてたんちゃうやろかって。だってなぁ、この湯気のうち、めっちゃ感じ悪いねん。さっきの見たやろ？　あんなんで、嫌《きら》われへんほうがおかしいわ。あ。ちょっとしゃべりすぎやんな。こういうとこもアカンって学んだばっかりやのに。ごめんな、会《お》うたばっかりやのにこんなしゃべり倒《たお》して」

あたしは、ぶんぶん首を横に振《ふ》った。

「ぜんぜん！　むしろもっと聞きたいくらい。なんか自分のことみたいで」

「えっ、そうなん？」

「うん。すごく似てる。あたしもそんな感じだから、もっと話聞きたい」

「なるほどなぁ。おんなじ効能のお湯に入ってるってことは、似たもの同士なんかもしれんなぁ。あっ！　あんた顔赤いで！　あがったほうがええんちゃう？」

そういえば、頭がぼうっとしてきた。のぼせる寸前だ。

ふたりで脱衣所《だついじょ》に戻《もど》ると、慣れた手つきでアリが扇風機《せんぷうき》のスイッチを押《お》した。ぶわーんと音をたてながら涼《すず》しい風が腰《こし》に当たる。

アリはバスタオルでさっと体を拭《ふ》くと、すぐに下着を着けだした。あたしのほうは、暑くてなかなか着ける気になれない。バスタオルを巻きつけたまま、扇風機に顔を近づける。

「はあー。気持ちいいー」

声が扇風機《せんぷうき》に当たって、機械的な音に変わる。目をつぶって、風を独占《どくせん》する。
(本当の自分の姿が、湯気になって湧《わ》きあがんねん)
黒い湯気の中の、あたしの姿。自信満々に上から見下ろすあの視線。
ウソでしょ。あれが本当の自分?
まさか。なにかのまちがいでしょ。あたしがあんなに「傲慢《ごうまん》」なはずない。
「時間がもったいない。はよ行こうや」
アリはすでに空色の甚平《じんべい》を着ていた。あたしも急いで、甚平を手にとった。

鉢《はち》合《あ》わせ

　キヨがいるかと思ったけれど、休憩処《きゅうけいどころ》には誰《だれ》もいなかった。テーブルには、お盆《ぼん》に伏《ふ》せた空のグラスと、銀の水差しが置いてある。

　迷わずに、アリはグラスに水を注いだ。あぐらをかいて水を飲みほす姿からは「常連」のオーラがぷんぷん漂《ただよ》っている。

「プハー。ああ、今日もめっちゃうまい！　なんで水やのに、こんなに甘《あま》いんやろ。でも変な甘さちゃうねんなぁ。何回飲んでもうっまいなぁ」

　あたしもアリの真似《まね》をして、グラスの水を口にした。喉《のど》から、体中にさらさらと冷たい水が流れこんでくる。

「なあ。サーマは、ここってなんやと思てる？」

「え」

ここがなにかなんて、まだ二回しか来てないのにわかるわけない。むしろ、それを聞きたいのはこっちだ。

曖昧《あいまい》に首をかしげると、アリは「そうやんなぁ」とうなずいた。

「わからへんよなぁ。うちもわからんまま。夢なん？　幻覚《げんかく》なん？　小夜子《さよこ》さんって、キヨって何者やねん。銀山《かねやま》先生は誰《だれ》やねん……って思いながら早《は》や十一回」

「そっか。アリちゃんにもわからないんだね。なんか安心したよ」

「うん。なーんもわからへん。世の中には不思議なことってほんまにあるんやなぁ。せやけどな、一個だけ確かなことがある」

「なに？」

「うちは、ここに救われた」

そう言ってアリは水を飲み干した。

そうか。突《つ》きぬけたように明るいこの子だって、いろんな思いを抱《かか》えているんだ。

アリと話をしていると、暖簾《のれん》からキヨが入ってきた。

おう、とアリが片手を挙げる。あたしは新人らしく軽く頭を下げた。

「サーマも来てたのか！」

キヨは人懐《ひとなつ》っこい笑顔《えがお》を向けて、あたしとアリの向かい側に座った。

「湯加減、どーだった？」

あたしが答えるよりも先に、アリが口を開いた。

「どーだった、じゃあらへんねん。もー、漆黒色《しっこくいろ》の湯は勘弁《かんべん》してほしいわ。さんざん、自分を省《かえり》みてるっちゅうねん。これ以上、自分のこと嫌《きら》いになりたないわ」

「しょうがねぇだろー。お湯がおまえらを呼んでんだから。アリにはまだまだ必要ってことだ。ナイセイが」

「なんや、それ！　もう充分《じゅうぶん》すぎるっちゅうねん」

アリのツッコミに、キヨが肩《かた》を揺《ゆ》らして笑った。

「お湯が呼んでるって、どういうこと？」

何気なく聞くと、キヨは「そのまんま、そういうこと」と答えた。

「おまえらの心は、ぜーんぶお見通しなんだ。そんで、お湯のほうからおまえらを呼んでる。しっかり浸《つ》かって、自分の疲《つか》れを出しきって、思う存分休んでいけーって、そう呼んでるんだ」

「……それ本当？」

そんなまるで「お湯」を「生きもの」みたいに……。

あたしがいぶかしげな視線をキヨに向けたそのとき、後ろから透《す》き通《とお》った声がした。

「アリさん、サーマさん」

小夜子さんが群青色《ぐんじょういろ》の大きなお皿におにぎりを五つのせて、暖簾《のれん》から現れた。

「朝ごはん、食べてない子もいるかと思って」

そっか。外は真っ暗だけど、やっぱりここでも「今」は「朝」なんだ。

「めっちゃうまそう！　中身なに？」

アリが身を乗りだす。

海苔《のり》のついていない白いおにぎりが、お皿の上でツヤツヤと輝《かがや》いている。

「ごめんね、アリさん。これは具なしの塩おにぎり」

「ぜんぜんええよ！　小夜子さんが作るんなら、なんでもうまいに決まってるし！」

小夜子さんが、にっこり微笑《ほほえ》んだ。

「いっただきまーす！」

おにぎりに手を伸《の》ばしたアリが、ふと手を止めて全員を見渡《みわた》す。

「うちと、サーマ。小夜子さんと、キヨ。四人やな。おにぎりは五個やから、ジャンケンで勝った人が二個食べれんなぁ。よっしゃ、ほんならいくで。最初はグー！」

「ちがうちがう！　ひとり一個！　これからもうひとり来《く》んだ。ほんとアリは食《く》いしん坊《ぼう》だなぁ」

キヨがそう言うと「もうひとり来るんかーい！」とアリが大げさにズッコケた。

「他にも誰《だれ》かいるの？」

あたしが聞くと、小夜子さんがうなずいた。

「ええ。今朝はもうひとり。まもなくここへいらっしゃると思うので、みなさんそろってからいっしょに食べましょう」

「誰やろ。もしかして、この間の赤毛のアイツか!?」

「さあ。誰でしょう？　来てのお楽しみです」

小夜子さんが楽しそうにくすくすと笑う。

「アイツやったら、言いたいことあんねんな。男やったら、しっかりケジメつけなアカンって」

キヨがあきれたように薄《うす》い眉毛《まゆげ》を持ちあげる。

「まーたアリはそうやって、人には厳しいんだよなぁ。そんなんだとまた呼ばれちまうぞ、漆黒色の湯に」

「あー。それだけはアカン。もう堪忍《かんにん》して」

ふたりのやりとりがおかしくて、あたしは思わず笑ってしまった。

「なに笑《わろ》とんねん！　自分もおんなじお湯やったくせに！」

アリがこっちを向いて、すかさずツッコミを入れてくる。

「ごめんごめん。だっておもしろくて。あ、でもなんか感動。関西人につっこまれたの、人生初」

「なんやねん、それ。ばかにしとんのかい」

「してないって」

「絶対してるやん」

アリの返しがおもしろくてケタケタ笑っていると、キヨがあたしたちの背後に向かって手を挙げた。

「お！　待ってたぞー。いっしょにおにぎり食お！」

わ。誰《だれ》か来たんだ。急に緊張《きんちょう》してくる。

どうもはじめまして。サーマです。

言葉を準備して振《ふ》りむいたあたしは、シンプルに驚《おどろ》いた。驚くことはもう何度もあったけど、これにはただただ口をパクパクさせるしかなかった。

暖簾《のれん》から出てきたその人は、はじめまして、どころじゃない。すっかり見慣れた顔だったのだ。

「じ、慈恵《じけい》……!?」

首にタオルをかけた慈恵が、同じように口をパクパクさせている。

「な、なんでまえみが……」

顔を見合わせてうろたえるあたしたちの間を、アリの視線が行ったり来たりする。

「ええ？　なになに？　ふたりって知りあいなん？　んん!?　なーんか目元が似て……、あ！　あんたらもしかして」

「兄妹《きょうだい》なんですよ。GK《ジーケー》さんとサーマさんは」

小夜子さんが、さらりと答えを告げた。

「やっぱり！　うっわぁ、兄妹でここに来るケースもあるんやなぁ！　めっちゃおもろいやん！」

はしゃいだ声を出すアリの横で、あたしは小夜子さんの発言が引っかかっていた。

ひとつは、なんであたしたちが兄妹《きょうだい》なのかを知っているのかということ。もうひとつは「GKさん」……？

「えっと、なんなの？　そのGKって……」

慈恵の顔がみるみるうちに赤く染まっていく。

え、どうした？　この反応。

慈恵。じけい。ジケイ。ジーケー。

まさか、まさか、まさか。GKって、慈恵のあだ名？

「ぷ。ぷぷぷぷぷ」

なんで慈恵がここにいるのかとか、気になることはたくさんあったのに、そんなことすっかりぶっとんでしまった。兄が自ら名乗ったであろうあだ名のインパクトが大きすぎる。ラッパーじゃないんだから、もうちょっと他になかったの？　そんなキャラだったたっけ？　いくらなんでもGKって、そりゃないでしょ、慈恵さん！　ああもうだめ！　抑《おさ》えきれない！

「ぶは！　ぶはははははは！」

あたしは豪快《ごうかい》に吹《ふ》きだしてしまった。

爆笑《ばくしょう》するあたしに、ゆでダコのように真っ赤な慈恵が声を張りあげる。

「笑うな！　笑うな────！」

あたしにつられたのか、キヨまでが「うひゃひゃ！」と手をたたいて笑いはじめた。

「なにそんな騒《さわ》いでんねん。ええやん、ＧＫ。かっこええあだ名やないか」

アリが真面目な顔で「ＧＫ」と言うのがまたツボに入って、あたしはお腹《なか》を抱《かか》えて笑いころげた。

「おいまえみー！　まじふざけんなって────！」

慈恵がこっちにダダッと来たので、あたしはあわてて立ちあがり、笑いながら和室の中を逃《に》げまわった。

ひーひーと息が上がって苦しい。それでも笑いが止まらない！

「笑うのやめろぉぉぉぉ！」

赤い顔の慈恵が、追いまわしてくる。

こんなのいつぶりだろう。もう何年か前。新潟《にいがた》の親戚《しんせき》みんなで集まったお正月。人生ゲームでこれでもかと借金を重ねる慈恵に、どんだけ運が悪いんだよ、と、あたしは思わず吹《ふ》きだしてしまった。そしたら慈恵が怒《おこ》っちゃって、借金の証明書である赤い「約束手形」を投げつけながら（ひらひらと舞《ま》うだけだったけど）追いかけまわされたんだった。

笑うな、笑うなーって。慈恵が怒《おこ》れば怒るほどおかしくて、あたしは和室を逃《に》げまわりながら笑いが止まらなかった。

「騒《さわ》ぎすぎやってー。もうええから、はよ食べようやぁ」

そうそう。あのときも、今のアリと同じように、親戚《しんせき》に止められたんだ。まえちゃんも、慈恵もいいかげんにしなさいよー、って。

小夜子さんが口元に笑《え》みを浮《う》かべながら「ほらほら。おふたりとも、時間がなくなってしまいますよ」と言ったので、やっとハッとして、あたしたちは元の場所に座《すわ》った。

「はー。苦しかった。もう、やめてよ慈恵。じゃなくてGK……」

慈恵が「おい」と、鬼《おに》のような目線を送ってくる。それを見たキヨが、うひゃひゃっと手をたたいて笑った。

「さあ。みんなでいただきましょうか」

小夜子さんの言葉に、

「ですね！　それじゃあいっただきまーす」

みんながいっせいにおにぎりに手を伸《の》ばした、そのとき。

ゴォォォォォォン

鐘《かね》が鳴った。

しまった、と思ったけど、もう遅《おそ》い。
次の瞬間《しゅんかん》、あたしはもう保健室のベッドの上だった。

スター誕生

「おかえり」

銀山《かねやま》先生が顔をのぞきこんでいる。

ツヤツヤと輝《かがや》く白いおにぎり。触《ふ》れるほどはっきりと脳裏《のうり》に浮《う》かぶのに、目の前に広がるのは灰色の天井《てんじょう》、それとベッドをかこむ白いカーテン。

「ええ〜……。食べたかったのに」

「時間切れ。さあ、もうすぐ始業だよ。教室へ戻《もど》りな」

先生はあたしをあっさりベッドから追いだした。

外から、登校してくる生徒のガヤガヤとした声が聞こえる。壁掛《かべか》け時計《どけい》を見ると、午前八時ぴったりだった。

もっと早くおにぎりに手を伸《の》ばせばよかった。これも全部、慈恵《じけい》のせいだ。そうだ、慈恵の……。

ハッとした。

あたしはベッド周りのカーテンを全開にした。床下《ゆかした》の扉《とびら》がある、窓際《まどぎわ》の空間。扉はピタッと閉まっていて、煙《けむり》は少しも出ていない。

逆サイドのベッドも、その隣《となり》のベッドにも、誰《だれ》もいなかった。

「先生！　慈恵は？」

銀山先生は、あたしが寝《ね》ていたベッドのシーツのシワを伸《の》ばしながら「まだ帰ってないよ」と答えた。

「ってことは、まだあそこにいるんだ……」

慈恵は今頃《いまごろ》、おにぎりを食べているんだろうか。だとしたら、なんかくやしい。

「まさか慈恵もあそこに行ってたなんて。なんで教えてくれなかったんですか？　ってかほんとに、先生って何者なの？　いいかげん教えてください」

「あたしは、ただの保健室のおばさんさ。いいかい。保健室ってのはねぇ、けがしたり病気した生徒を一時的にケアする場所なんだよ。お医者さんじゃないんだからね、できることは応急処置だけさ。病院に行くべき子は病院へ、カウンセリングが必要な子はカウンセラーへ、ここはあくまでも中間地点ってこと」

銀山先生の分厚い両手に、背中をぐいっと押《お》される。

「疲《つか》れている子にはね、休息が必要なの。きちんとした、正しい休息がね。だから必要な子には、必要な場所を案内している。ただそれだけのこと。保健室ってのはそういうもんさ」

先生は自分の髪《かみ》をわしゃわしゃとかきまわした。

「さあさあ、もうわかっただろ。そういうことだから、あんたは教室へ行きな。今日の分の休息はもう足りたはずだよ」

強引《ごういん》にあたしは廊下《ろうか》へと押《お》しだされた。

「ちょっと、先生！」

「規則を忘れんじゃないよ。兄さんとだって、規則は規則だ。またあそこに行きたいんだったら、けっして外の世界であそこの話はしちゃいけない。わかったね？」

「う、うん。それはわかってるけど……」

先生は満足そうにうなずき「じゃあ、またおいで」と言うと、保健室の引き戸をピシャッと閉めてしまった。

教室へ入ると、窓側の舞希《まき》の席を取りかこむように人だかりができていた。

「すっげぇ。まじか」

「舞希ちゃん、超《ちょう》すごい！」

なにごと？

始業のチャイムが鳴った。それに合わせて、人だかりがぱっと散っていく。

「あ、まえみちゃん、おはよう」

さっきまで人だかりにいたアベちゃんが、斜《なな》め前《まえ》の席から話しかけてくれた。

「おはよう。なに、なにかあったの？」

小声で聞くと、アベちゃんは曖昧《あいまい》な笑顔《えがお》を浮《う》かべながら答えた。

「舞希ちゃんがね、モニカモデルのオーディションでグランプリになったんだって」

「えっ」

モニカは、女子中学生にいちばん人気のファッション雑誌だ。毎年モデルオーディションを行っていて、グランプリに選ばれると専属モデルになれる。最近、ドラマに引っぱりだこの若手女優も、何年か前のモニカグランプリらしい。売れっ子の登竜門《とうりゅうもん》としても有名なオーディションなのだ。

そのグランプリに、舞希が選ばれた。

当然、学校中が大騒《おおさわ》ぎだった。

「うっわ、やっぱりカオちっさーい」

「どうしよ、今のうちにサインもらっとく？」

学年を越《こ》えて、生徒が次から次へと舞希を見に教室へやってくる。舞希はわざと気づいていないようなふりをして香奈枝《かなえ》や千紗《ちさ》としゃべったり、たまに困ったような笑顔《えがお》でギャラリー相手にペコリと頭を下げたりした。

舞希の一挙一動に、歓声《かんせい》があがる。「はあ、かっわいい」とため息がもれたりする。

すっかり、学校のスターだ。

雑誌だけでなく、そのうちテレビや映画の世界でも人気者になるのかもしれない。

あんなに、あんなに意地悪なのに。

舞希にきゃあきゃあ言ってるギャラリーたちに、いかに性格が悪いか、ぶちまけてやりたい気持ちに駆《か》られる。カサブタをはがすように、心の痛みがズキズキぶりかえしてくる。

（サーマって、しんどい）

温泉に浸《つ》かって、たくさん笑って、元気になったはずなのに。こんなにすぐモヤモヤが湧《わ》きあがってきてしまうなんてショックだった。ジェットコースターみたいに、上がったり下がったりを繰《く》りかえす自分に、もうついていけない。すごく疲《つか》れる。

だけど、どうしても舞希の人気ぶりを「いやだ」と思う気持ちが止められない。

あたしはずっと、いろんな人の気持ちを考えながら行動してきた。だからこそ、新潟《にいがた》では「サーマの隣《となり》がいい」ってみんなから慕《した》われたんだ。

それなのに。

人を簡単に傷つけておいて、それでも人気者になれるわけ？

だとしたら、この世の中ってなんなんだろう。

泣きだしそうになる。だけど、今泣いてしまったら負けだ。そんなの舞希の思うツボ。

耐《た》えろ、耐えるんだ、まえみ。歯を食いしばってひたすら耐える。

（このお湯に浸《つ》かってから、少しずつ自分のこと考えるようになってな。うちにも、なにか問題あったんちゃうか？　みんなを遠ざけてしまうようななにかをしてたんちゃうやろかって）

あたしは、アリのようには思えない。舞希たちにこんな仕打ちをされるようなことを、自分がした覚えはない。

悪いのは全部、意地悪なあの子たちだ。

気をまぎらわそうと、今朝行ったばかりの、かねやま本館のことばかり考えた。

あのおにぎり、明日は食べられるといいな……。


授業が終わり、大急ぎで帰ってきたのに、リビングのパソコンには先客がいた。

「早いね。さすが保健室登校」

汗《あせ》をぬぐいながら毒づくと、パソコンの画面から目線をはずして、慈恵がこちらをにらんだ。

「おまえなぁ……」

慈恵はなにかを言おうとして、息を止めた。それを見て、あたしも口をつぐむ。

かねやま本館のことを話さないように、慎重《しんちょう》に会話をしなければならない。あたしたちは目線だけで気持ちを伝えあった。

気をつけよう。規則に触《ふ》れないように。

うん、わかってる。

緊張感《きんちょうかん》を持って、あたしは言葉を選びながら口にした。

「……ぱ、パソコン。まだ使うの?」

「いや。もう大丈夫《だいじょうぶ》。おまえも使うの?」

「うん。ちょっと調べたいことがあって」

「ああ……」

慈恵は席をゆずってくれた。あたしはすぐにGoogle《グーグル》の検索《けんさく》ページを開く。

「えっと……」

キーボードを打とうとして、手が止まった。

あれ。おかしい。えっと、えっと……。

汗《あせ》がぽたりと、パソコンデスクに落ちる。

なんでだ。おかしい。なんで。なんでなんでなんで。

背後に立っていた慈恵が、ぼそりとつぶやいた。

「調べようとしていることは、たぶん思いだせない。俺《おれ》もそうだから」

え?

振《ふ》りむくと、慈恵はもう自分の部屋へと向かっていた。猫背《ねこぜ》の背中に西日が当たって、
なんだかすごく、さびしそうな後ろ姿。

あたしが調べたかったこと。

それは、アリの中学校のことだった。

今日、かねやま本館で会った、関西弁の女の子。中一だって、そう言ってた。入学と同時に引《ひ》っ越《こ》したんだって。だけど、どうしても、アリの住んでいる場所が思いだせない。

はっきりと、どこの地域だって、中学校の名前だって教えてくれたのに。

それだけじゃない。アリというあだ名は覚えているのに、フルネームが思いだせない。

アリス？　アリサ？

顔も、話した内容も、全部くっきりと思いだせるのに、モヤがかかったように、彼女《かのじょ》にまつわる情報だけが、どうしても出てこない。

検索《けんさく》画面には「アリ」「関西」という文字だけ。

パチン、とエンターボタンを押《お》してみる。

【アリ（蟻、螘）は、ハチ目・スズメバチ上科・アリ科（Formicidae）に属する昆虫《こんちゅう》である】

【関西の害虫駆除《くじょ》ならこちら！　アリ対策、教えます】

こんなのぜんぜん、あたしの知りたかったことじゃない。

ため息をついて頭を抱《かか》えていると、紙袋《かみぶくろ》を抱えた母が帰ってきた。

「ただいまぁ〜。この間テレビでやってた生食パン、三十分も並んで買ってきちゃった〜。これで明日ベーコンレタスサンド作ってあげるねぇ。……あれ？　めずらしい。まえちゃんがパソコンやってるなんて」

「ちょっと調べたいものがあって」

「へぇ。熱心ねぇ。その調子で塾《じゅく》行くことも考えといてよぉ。早いに越《こ》したことないんだから。それで、慈恵は？　部屋にいる？」

「うん。さっきまでここにいたけど」

「なんか話した？」

「別に」

「なーんかそっけないわねぇ。あんなに毎日兄妹《きょうだい》ゲンカしてたくせに、最近すっかりカラミなしっていうか。平和なのはいいけど、あの頃《ころ》のほうがママ、楽しかったかも」

「よく言うよ！　ケンカばっかりでいいかげんにしなさいって、しょっちゅうブチギレてたくせに」

「そうなんだけどさぁ。過ぎさってみたら、あの頃《ころ》のほうが距離《きょり》が近かった感じがするのよねぇ、まえちゃんと慈恵。ま、それが大人になるってことなのかもしれないけど」

「…………」

さーて、今日もごちそう作りますかぁ、と母が冷蔵庫から茄子《なす》と豆板醤《トウバンジャン》を取りだした。慈恵の好物シリーズは続いているらしい。今夜はきっと麻婆《マーボー》茄子《なす》。

ふと、かねやま本館で慈恵と追いかけまわったことを思いだした。最近妙《みょう》に距離ができてしまっていたあたしたちにしてはめずらしく、あのときだけは小さい頃に戻《もど》ったみたいだった。

「ぷっ」

「思いだし笑いー？　平和ねぇ」と、茄子を洗いながら母が笑う。

「うん。今日ちょっとおもしろいことがあって」

「なになに？　教えてよ」

「ないしょ。規則だから」

なにそれー、と母が年甲斐《としがい》もなく頰《ほお》を膨《ふく》らませた。

受容

「サーマもこの時間に来る気がしてたんや。よかったぁ、早起きして。でもまさか、またおんなじお湯とはな。うちらどんだけ似てんねん！」

そう言って、アリは手ぬぐいを頭にのせて笑った。

爽《さわ》やかな緑色のお湯に、アリが笑った振動《しんどう》で細かい波ができる。

ごはんを炊《た》く釜《かま》のような鉄の湯船は、あたしたちふたりが入るのにちょうど良い広さだった。

かねやま本館は、今日も雨の夜。

ざあっと降ったかと思うと小雨《こさめ》になって、またしばらくすると雨音が強くなる。今日の雨は気まぐれだ。

そんな雨からあたしたちを守るように、湯船を取りかこむ見事な竹林。根元には灯籠《とうろう》がいくつも置かれていて、『かぐや姫《ひめ》』が入っているんじゃないかと期待したくなるほど、竹を幻想的《げんそうてき》に照らしている。

「ねぇ、なんで思いだせなかったんだと思う？　アリの名前や学校のこと」

「それな。うちにもわからんねん。今までもな、ここで何人か会《お》うたことあんねんけど、元の世界に戻《もど》ると、どうしてもあだ名以外の情報が思いだせんねんなぁ。どこに住んでるとか、そういうとこだけすっかり抜《ぬ》けおちてしまうっていうか。サーマのこともやで？　帰ったら、なんでサーマってあだ名やったんやろ、って。東京の杉並区《すぎなみく》に住んでる佐藤《さとう》まえみって、ここではこんなにはっきりわかるのに……。謎《なぞ》や。謎すぎる」

やっぱり、アリもそうなんだ。

「前に一回な、休憩処《きゅうけいどころ》で会《お》うた子とメモ交換《こうかん》してんねん。お互《たが》いの住所とか番号書いて。でもな、元の世界に帰ってそれ開いてみたらな」

「うんうん」

「すっかり白紙やねん。なにも書いてへん。うっすらもないんやで、書いた形跡《けいせき》。ほんでな、もう直接小夜子《さよこ》さんに聞いてん。なんでこんなんなるの？　って」

「へー！　よく聞けたね。それでそれで？」

「ここで出会った子は、いつか必ず会える子なんです。だから、焦らなくても大丈夫ですよ、やって。意味わからんやろ？」

「いつか必ず会える子……」

「そんなん、ほんまかわからへんやん。どこの誰《だれ》かも思いだせんのに、いつか会えるって、ざっくりすぎひん？　あれは、うちをごまかすために小夜子さんが適当に言ったんちゃうかな。だってなぁ、そのうち、顔やあだ名も忘れてしまうかもしれへんやん？　このことかて、夢やったんかなぁって思てしまうような気、せえへん？　そう考えるとなんか切ないよなぁ。いっくら仲良うなっても、期限が切れたらもう連絡《れんらく》のとりようがない。その点、GK《ジーケー》とサーマは兄妹《きょうだい》やからええなぁ。最初っから知ってる仲やし、会えへんことはないやん」

「うん、まあそれはそうだね……。でも規則があるから、家ではここの話はできないんだけどね」

「ああ、そうかぁ。なんかいろいろ面倒《めんどう》やなぁ。あ！　でもな、うち希望は持ってんねんで！　規則をもし破ってしもたら、永久にここに来られなくなるって、キヨのやつ言うてたやろ？　それって裏を返せば、規則さえ破らなければ、期限が終わったとしても、いつかまた戻《もど》ってこられるってことやない!? だからな、うち絶対守んねん。期限が終わったとしても、ずっと、誰《だれ》にもここの話はせえへん。いつか戻ってこられるように」

アリはそう言って、バシャバシャとお湯を自分の顔にかけた。

たしかにキヨは、そう言ってた。でもそれを「じゃあ守ればまた来られるんだ」って思えるアリはすごい。

「それにしても、今日のお湯もこたえるなぁ」

手ぬぐいの緑色の文字を見つめながら、アリがため息をついた。

若竹色《わかたけいろ》の湯　効能：受容

「受容って受けいれるってことやろ。なんで今のうちにこのお湯なんや。……あいつらな、あ、ほら、さっき湯気に出てきた子らのことやねんけど、いまだにうちのこと無視すんねん。こっちがせっかく内省してやなぁ、歩みよろう思てんのに、一切《いっさい》キヨヒ。何様やねん。あいつらこそ、このお湯に浸《つ》かるべきや」

頬《ほお》を赤くしたアリは、そう言いながらもあごまでお湯に浸かっている。

アリがお湯に浸《つ》かった瞬間《しゅんかん》、黒い湯気から現れたのは同世代の女の子たち数人だった。

「もういいから。うちらアリとは話したくないんで」

そう言って、湯気の中のその子たちは、またたく間に消えた。

あたしのぜんぜん知らない子たちなのに。関わりなんてなにもないのに。それでも胸が苦しくなるほど、冷たい言い方。

「わかる」

アリの気持ちは痛いほどよくわかった。

「忘れられないよ。くやしいもん、やっぱり」

アベちゃんやシノちゃんとか、優《やさ》しくしてくれる友達は他にいるんだし、もう舞希《まき》たちのことなんか気にしなければいい。だけど、あたしはきっと今日も気にする。忘れたりなんかできない。

このお湯に浸かったとたん、あたしの目の前に立ちのぼった黒い湯気からは、舞希と香《か》奈枝《なえ》と千紗《ちさ》の三人が現れた。そして、こう言ったのだ。

「ちょっとうちらとは合わないかなって、ね」

舞希は意地悪だ。香奈枝は卑怯《ひきょう》で、千紗は臆病《おくびょう》。

だけど、その舞希が今や学校中のスターなのだ。みんなが憧《あこが》れる人気者。

その舞希から「しんどい」と突《つ》きはなされたあたし。それを受けいれるのは、苦しい。苦しすぎる。

「アリごめん。のぼせてきたから先あがるね」

「うん。うちはもう少し浸《つ》かってから行くわ」

ウソをついた。

本当はのぼせてなんていない。もう少し温まっていたいほどだ。これ以上、このお湯に入っていたくなかっただけ。

受けいれることなんてできない。受けいれたくなんかない！

湯船からあがると、体がすぐに冷えていく。まだ時間はあるし、もう一度お湯に浸かって温まることも充分《じゅうぶん》できる。

だけど、そうしない。したくない。

冷えた体のまま急いで甚平《じんべい》を着て、ひとりで休憩処《きゅうけいどころ》へ向かった。

休憩処には、慈恵《じけい》と、赤い髪《かみ》の男子がいた。雑なカラーリングのせいなのか、髪が異常にパサついていて根元だけ黒い。ふたりは向かいあって座りこんでいた。

ガラ悪っ。こんな子がいるなんて、ちょっとイヤだな。

あたしはとりあえず、ひとつ後ろのテーブルから様子をうかがうことにした。

少しして、暖簾《のれん》から小夜子さんが入ってきた。

あいかわらずおだやかな笑顔《えがお》。手にしているお盆《ぼん》には湯気の立った黒いお椀《わん》をいくつかのせている。

「すまし汁《じる》です。舞茸《まいたけ》と三つ葉、あとは昆布《こんぶ》のだしだけで作ったんですよ。サーマさんもほら、こっちにいらっしゃってどうぞ」

小夜子さんが手招きしたので、仕方なくあたしも慈恵たちのテーブルまで移動した。

赤毛は小夜子さんに頭を下げると、お椀を受けとりズズッと口にした。

「……うっめぇ。あったけぇ。たまんねー」

赤毛の頰《ほお》が桃色《ももいろ》に上気している。

「鼻水出てるって」

慈恵が笑いながら、自分もお吸い物を口にした。

「はあ……。ほんとうまい」

ふたりの感激っぷりに、あたしも期待しながら、すまし汁《じる》を口にすべりこませた。舞茸《まいたけ》の風味がジュワァッと口の中に広がる。細かく刻んだ三つ葉が、いっしょに流れこんでくる。シャキッというかすかな歯ごたえと、昆布《こんぶ》だしのやさしい甘《あま》み。

「おいしぃ……」

思わず目をつぶってしまった。なにかを口にして、おいしすぎて目を閉じたことなんて今まであったかな。

「すっげぇわかる。思わず目を閉じたくなる気持ち」と、赤毛が笑った。

なんだ、笑ったらちっとも怖《こわ》くない。あどけない、ふつうの中学生だ。

「これで、もーっと元気になんぞ！」

暖簾《のれん》から、キヨがおにぎりをのせたお盆《ぼん》を持って入ってきた。

「まじか！　これにおにぎりって、最高かよ！」赤毛が歓声《かんせい》をあげる。

キヨがテーブルに置くやいなや、みんないっせいにおにぎりに手を伸《の》ばした。

あたしは、その前にすかさず胸元《むなもと》から入館証を出し、残り時間を確認《かくにん》した。

【十五分】

まだ時間はある。ああ、やっと食べられる！　念願の塩おにぎり！

「いっただっきまーす！」

ツヤツヤと輝《かがや》くおにぎりをパクッと、大きく口に入れる。

うっわあっ。

温かいごはんが、口の中でほろっとほどけて広がっていく。ごはんの甘《あま》さと、塩加減がもう絶妙《ぜつみょう》！

「ふっごい、おいひい」

ちっとも遠慮《えんりょ》せず、ばぐばぐと夢中でかぶりついた。かみしめるたびに旨味《うまみ》を感じる。

あっという間に食べ終わると、ごはんの甘い香《かお》りが鼻からふっと抜《ぬ》けていった。

「すっげぇ、元気出てきた――――！」

赤毛が両手を思いっきり天井《てんじょう》に伸《の》ばした。

うん！　その気持ちすごくわかる！　ついさっきまでのふてくされていたような気持ちが、ぱあっと晴れた感じがする。

小夜子さんがうれしそうに微笑《ほほえ》みながら、空になったお椀《わん》を片付けていると、

「あ――！　なんかめっちゃええもん食うてるー！」

暖簾《のれん》からタオルを首にかけたアリが入ってきて、どさっとあたしの隣《となり》に座《すわ》った。

赤毛と目が合うなり「あ。この前の赤毛！」とアリが声をあげる。

「あんたになぁ、うち言いたいことあってん……ってあれ？　なーんかええ顔しとるやん。この前とぜんぜんちゃう」

赤毛が、慈恵と顔を見合わせて笑った。

「そりゃそうだよ！　俺《おれ》、今、パワーみなぎってっから」

「なんやそれ」

アリがツッコんだ、次の瞬間《しゅんかん》。

ゴォォォォォオン

鐘《かね》の音が響《ひび》いた。

え？　もう？　早くない？

赤毛の姿がぱっと消えた。まるで最初から誰《だれ》もいなかったかのように、跡形《あとかた》もなく消えてしまった。

あ……。あたしのじゃなくて、赤毛の時間切れだったんだ……。

こんなふうにして、一瞬で保健室に戻《もど》るんだ。

きっと今頃《いまごろ》、彼《かれ》はどこかの中学の第二保健室。銀山《かねやま》先生に顔をのぞきこまれているんだろう。

「ねぇ、さっきの人、慈恵の知りあいなの？」

あたしの問いに、慈恵が首を振《ふ》る。

「今日はじめて会った。いっしょに風呂《ふろ》入っただけ」

「それにしては親密そうだったね」

慈恵は「そうか？」と、目を細めた。

「みんなさぁ、いろいろ悩《なや》んでんだよな。俺《おれ》だけじゃないんだってよくわかった」

「はじめて会ったのにわかるの？」

「まあな。いっしょに風呂《ふろ》入った仲だから」

あたしが「なるほどね」と笑うと、慈恵の口もほころんだ。

隣《となり》でアリが、ひと足遅《あしおく》れですまし汁《じる》をすすっている。

「裸《はだか》の付きあいってやつは、偉大《いだい》やな。……って、うっま！　なにこれ、うますぎひん!?」

孤独《こどく》

朝早く起きて、第二保健室に行く。かねやま本館で温泉に浸《つ》かり、朝ごはんにおにぎりを食べる。鐘《かね》が鳴ったらベッドへ戻《もど》り、それから教室へ。そして、あたしの学校生活が始まる。これがあたしの日課になった。

二日に一回はアリといっしょになる。小夜子《さよこ》さんいわく、こんなことめったにないらしいけど、毎回アリとあたしは同じ色のお湯だった。休憩処《きゅうけいどころ》には他に知らない子がいるときもあれば、小夜子さんとキヨ以外誰《だれ》もいないときもあった。

休日も行けるのかと期待して、こっそり学校へ行ってみたけれど、校門には鍵《かぎ》がかかっていて中には入れなかった。行けても行けなくても、有効期限の日数は減っていく。土日の二日分が一気に減るのはなんとももったいないけれど、どうすることもできない。

「うちの学校でもそやで。土曜授業のときは、第二保健室も開いてんねんけど、学校がな

い土曜日はないねん。あ、でもサーマのとこみたく備品倉庫じゃなくて、うちの学校では、進路資料室になってるんやけどな。学校がある日しか、行かれへんみたいやなぁ。ほんで、その貴重な平日に、最近部活の朝練が多いねん。放課後も必ず練習あるしやなぁ。授業中に抜《ぬ》けるっちゅうのも、なかなかなぁ……。有効期限もう少しなのに、あんま来れてないねん」

アリはそうボヤいていたけれど、以前よりもずっと表情が明るくなっていることに、あたしはとっくに気づいている。

慈恵《じけい》はわざとあたしのいる時間とずらしているのか、一時間目が少し始まったくらいに来ているらしい。あいかわらず教室へは行かず、第二保健室へ直行。怪《あや》しまれないよう、ちゃんと本物の保健室にも顔を出しているらしい。そして、お昼前には帰宅する生活。

保健室に行けただけで、まずは喜んでいたはずの両親が「やっぱりふつうに教室に行ってほしい」と言いはじめた。人間って、すぐに欲が出るもんだ。

慈恵が元気に毎日生きていれば、それだけでいいのに。

小夜子さんだったらきっと「休む時間が大切なんですよ。ゆっくりでいいんです」って言ってくれるだろうな……。

今朝も、あたしは「第二保健室」にやってきた。

銀山《かねやま》先生は、もう「おはよう」しか言わない。あたしが来ることが当たり前になっているようで、すんなりと床下《ゆかした》への入り口へ案内してくれる。

床下の世界は、いつ行っても雨の夜。

そして、小夜子さんはどんなときも、ひたすらに優《やさ》しい。

「いらっしゃい、サーマさん。今日もゆっくりしていってくださいね」

あいかわらず教室では舞希《まき》たちに無視されていた。

温泉効果でパワーがみなぎったおかげで、こっちから話しかけてみたこともある。だけど「ねぇ、みんな。あっち行こ」と、あからさまな無視で返されてしまった。

勇気を出して作った笑顔《えがお》は、顔に張りついたまま、行き場をなくしてしまった。悲しいとか、くやしいとか、そんなの全部通りこして、恥《は》ずかしくてたまらなかった。

舞希の雑誌での人気は上々らしい。ウソか本当かわからないけれど「ドラマに出るらしい」というウワサまであった。もはや校内にとどまらず、他校生まで舞希を見に来たりする。

舞希の人気が上がれば上がるほど、あたしのモヤモヤはどんどんふくらんでいく。

嫌《きら》い。嫌い。大っ嫌い！

書店に並んでいる舞希の雑誌全部に、めちゃくちゃな落書きをしてやりたい！

心の中が、信じられないくらいの悪口でいっぱいになる。

そのたびに、自分がこんなに嫌《いや》な人間なのかと、これでもかと思い知らされる。もう人気者のサーマじゃない。少しも自分を誇《ほこ》れない。

だけど、あたしには「かねやま本館」がある。

どんなに眠《ねむ》れない夜を過ごしても、教室へ行くのが嫌なときも、あたしには、休める場所がある。ここだけは変わらない。あたしのことをいつも笑顔《えがお》で迎《むか》えてくれる。だから、なんとか教室へ行くことができるんだ。

「んん……？」

いつもは小夜子さんが出迎えてくれるのに、今日は広間には誰《だれ》もいなかった。

がらんとした広間で、囲炉裏《いろり》にくべられた薪《たきぎ》の炎《ほのお》がパチパチと燃えている。

「小夜子さーーん！」

あたしは、雨で濡《ぬ》れた髪《かみ》の毛《け》をぬぐいながら声を張りあげた。

返事はない。

「あれ……？」

上履《うわば》きを脱《ぬ》いで広間に上がり、休憩処《きゅうけいどころ》の橙色《だいだいいろ》の暖簾《のれん》をのぞいてみたけれど、中には誰《だれ》もいなかった。

急に不安になって、反対側の紫色《むらさきいろ》の暖簾に駆《か》けよった。

「ねぇ、小夜子さーん！　いないの？」

暖簾がふわりと舞《ま》って、小夜子さんが「お待たせしました」と入ってくる……はずなのに、暖簾は少しも動かない。

「キヨー！　キヨってば――――！」

「おうよ、よく来たな」って、くりくり頭が顔をのぞかせる……ことを期待するのに、暖簾は静かなまま。

「なんで？　どこにいるの？」

ふと、中をのぞきたい衝動《しょうどう》に駆られた。

この奥《おく》に、小夜子さんやキヨがいる。ふたりはいったい、どこからやってくるんだろう。あたしたちと同じように、日本のどこかの地域に住んでいるんだろうか。

あたしも、永遠にここにいたい。小夜子さんとキヨといっしょに、いつまでも……。

この世界にいる間は、幸せでいられる。あんな教室、戻《もと》りたくない。あんな思い、もう二度と……。

規則のことは、なぜだか少しも頭に浮《う》かばなかった。まるで誰《だれ》かに操《あやつ》られているように、うつろな気分で、暖簾《のれん》に手を伸《の》ばす。

「小夜子さん……」

暖簾に触《ふ》れようとした、まさにその瞬間《しゅんかん》。

バチッ!

背後で音がして、あたしはハッと振《ふ》りむいた。

囲炉裏《いろり》の薪《たきぎ》が、大きな音をたてて弾《はじ》けた。組んであった薪が一本、灰の中にカタンと倒《たお》れる。

「は……」

平手打ちをされたような気分だった。あたしはあわてて、伸ばした手を引っこめた。

「やだ。なにやってんだろう。紫色《むらさきいろ》の暖簾は、のぞいちゃだめじゃん……」

規則をもう少しで破るところだった。急に心臓がドキドキしてきて、紫色の暖簾から距《きょ》離《り》をとった。

「そうだ、お風呂《ふろ》。あっちに誰《だれ》かいるのかも。きっとそうだ。きっと」

誰もいない「かねやま本館」は、息を止めたようにひっそりとしていて、ひとりごとがボワンと反響《はんきょう》してしまう。いつもとはまったく違《ちが》う場所に感じる。

誰かがいることを期待して、入館証をポケットから取りだし、裏側にめくった。

「霞色《かすみいろ》……」

一面、薄《うす》い灰色で塗《ぬ》りつぶされていた。真ん中には【**霞色**】の文字。

ピンクとか、黄色とか、もっと明るい色のほうがいいのに……。

暖簾《のれん》の色にケチをつけたくなったのははじめてだった。


脱衣所《だついじょ》にも、誰もいない。

祈《いの》るような気持ちで、お風呂場の戸に手をかけた。

タイル張りの壁《かべ》でかこまれた浴室。その真ん中には、灰色のコンクリートでできた、いびつな形の湯船があった。ぼやけたような灰色のお湯からは、今まででいちばん強烈《きょうれつ》な硫《い》黄臭《おうしゅう》がする。

てっきり、ここには露天風呂《ろてんぶろ》しかないと思っていたのに、内風呂もあったんだ……。

それにしても、

「なんで誰《だれ》もいないのー」

小さな浴室に、あたしの声が反響《はんきょう》して溶《と》けていく。湯船の奥《おく》にある窓の外からは、規則的に降る静かな雨の音が聞こえる。それが、妙《みょう》に淡白《たんぱく》に感じた。

湯気の中の誰かでもいい。それでもいいから「人」に会いたかった。

あたしは手ぬぐいを持って、ドボンとお湯に浸《つ》かった。

熱いお湯から黒い湯気が立ちのぼり、現れたのは小夜子さんとキヨとアリ。湯気の中の三人はなにも言わず、ただニコニコと笑っている。あたしが手を伸《の》ばすと、すっと消えてしまった。

「消えちゃった……」

手に握《にぎ》っていた手ぬぐいを、ジャポッとお湯から引きあげる。濡《ぬ》れた手ぬぐいには、うっすらと灰色の文字が浮《う》かびあがっていた。

霞色の湯　効能：孤独《こどく》

「孤独《こどく》……」

たった今、湯気から現れたみんなの笑顔《えがお》。

「期限が終わったら、お別れしなくちゃいけないんだ……」

それだけじゃない。この安らぎの場所とも、サヨナラしなくちゃいけない。共感してくれる友達も、すべてを受けとめてくれる小夜子さんもいない。そんな中で、舞希たちの態度にあたしは耐《た》えられるんだろうか。

アリはあたしよりも先に、ここからいなくなる。そのうち、あたしもここからいなくなる。ひとりぼっちになる。

胸にこみあがってきたものの正体はわかっていた。

これが、これが「孤独」なんだ。

キュウキュウと音をたてそうなほど、胸が苦しい。こんな気持ちになるなら、はじめからここを知らないほうがよっぽどよかった。

「助けて」

いろんな温泉があったけれど、こんなに「効いてほしい」と思った効能ははじめてだ。にごった灰色のお湯にもぐりこむ。体の隅《すみ》から隅まで、お湯に浸《つ》からせたかった。

――効いて、効いて、効いて。

このどうしようもないさびしさを、どうか消し去って。

お湯の中で、目をぎゅっとつぶって祈《いの》る。泣いているのかすら、もうなにがなんだかわからない。さびしさで押《お》しつぶされそうだ。

「……サーマ！　サ・ア・マ！」

くぐもったアリの声が聞こえた。肩《かた》を揺《ゆ》さぶられて、あたしはお湯から引きあげられた。

「なにしてんねん！　大丈夫《だいじょうぶ》か！」

目の前にはアリの顔。

「アリ……」

「溺《おぼ》れてた思たわぁ。びっくりさせんといてや……って自分、なんちゅう顔してんねん」

そう言ってアリは肩にかけていた手ぬぐいで、あたしの顔を拭《ふ》いてくれた。そんなアリの後ろから、ジュワッと黒い湯気が立ちのぼる。

「……あたし？」

湯気の中から現れたのは空色の甚平《じんべい》を着た「あたし」だった。笑顔《えがお》でアリの背中に手を振《ふ》って、すっと消えた。

「もうすぐ終わりやねん。うちの有効期限」

そう言ってアリは下を向いた。

「さみしいなぁ……」

喉《のど》の奥《おく》から絞《しぼ》りだすようにつぶやいたアリの目元から、ぼろっと大粒《おおつぶ》の涙《なみだ》がこぼれる。

「アリ。あたしもさみしいよ。さびしくてさびしくて、たまんないよ」

まるで小さな子どものように、あたしたちは両手を握《にぎ》りあいながら声をあげて泣いた。


「なんで小夜子さんたちいなかったんだろう」

「な。うちも焦《あせ》ったわ。こんなんはじめてやで？」

あたしとアリは、手をつなぎながら休憩処《きゅうけいどころ》に向かった。手を離《はな》したらお互《たが》いが消えちゃいそうで怖《こわ》かったから。

「あ。なんやおるやん！」

橙色《だいだいいろ》の暖簾《のれん》をくぐると、小夜子さんとキヨが座《すわ》っていた。温かい緑茶を飲みながら白玉ぜんざいを食べている。あたしたちを見上げると「お待ちしておりましたよ。いっしょに食べましょう」と小夜子さんが、ぜんざいの器《うつわ》を勧《すす》めた。

こっちの気も知らずに、ずいぶんとのんきな……。

「小夜子さんたちどこにいたの？　探してたんだよ！」

「ほんまや！　やめてや、こういうの！」

あたしたちが思わず大きな声を出すと、アンコを口元にベタベタとつけたキヨが「なーに言ってんだよ」と笑った。

「オレたちずっといたじゃねぇか。なあ、小夜子さん？」

「ええ」

小夜子さんもうなずきながら微笑《ほほえ》む。

「ウソだ。だっていなかったよ。あたしここものぞいたし、大声で叫《さけ》んだのに、誰《だれ》も来なかった！」

「うちかてそうや！　サーマに会うまで、今日は誰とも会《お》うてない！　小夜子さんもキヨも、どっこにもおらんかった！」

手をつなぎながら抗議《こうぎ》するあたしたちに、小夜子さんはふふっと微笑むと、鉄の急須《きゅうす》から白い湯呑《ゆの》みに緑茶を注いだ。

「まあまあおふたりとも。まずはお茶をどうぞ」

不思議と、今日は冷えたお水よりも、温かい緑茶が飲みたかった。体は温泉で温まったはずなのに、心の奥《おく》が冷えきっているような、ちぐはぐな感じ。

ひとまず勧《すす》められるまま、あたしもアリも座《すわ》って、ズズッとお茶を飲んだ。

あっつあつの緑茶は、茶葉の香《かお》りがぷわんと漂《ただよ》い、まったりとした甘《あま》みがあった。最後にほんの少し、渋《しぶ》みも残る。思わずほうっとくつろぎそうになって、あわてて湯呑《ゆの》みをテーブルに戻《もど》した。

「いや、そうじゃなくて！　なんで小夜子さんたらウソつくの？　今日は絶対いなかったよ。どこにも」

「あ！　そうや！　お茶でだまされるとこやった！」

小夜子さんはあいかわらずおだやかな顔で、微笑《ほほえ》んでいる。

「いましたよ、私たちは最初からずっと。でもね、見えないんです。霞色のお湯に呼ばれているときは」

「へ……？」

目を丸くするあたしたちの前に、小夜子さんは白玉ぜんざいを差しだしながら話を続けた。

「霧《きり》や煙《けむり》が薄《うす》い帯のように見えたり、山や遠くの景色がかすんで、はっきりと見えないことってありますでしょう？　あれと同じです。そこにはたしかに存在するのに、目にすることができない。そうすると、まるでそこになにもないかのように感じてしまう」

「そんなことって……」

「霞色の湯に呼ばれているときは、その人自身がお湯に浸《つ》からないかぎり、周りの誰《だれ》からも見えないんです。声も聞こえません。ですから、私たちからも、今日はおふたりの姿は見えなかったんです」

「そんなんウソや！　だって、サーマは見えたもん」

「それはね、アリさん。霞色の湯に浸かったから、見えたんですよ。それまでは、お互《たが》いの姿を見ることはけっしてできません。それほど強いものなんです。孤独感《こどくかん》というものは」

「孤独感……」

アリもあたしもすっかり黙《だま》りこんでしまった。

小夜子さんはいっそう優《やさ》しく微笑《ほほえ》むと、ささやくように言った。

「ひとりじゃないですよ、おふたりとも」

「………」

この場所を失ったら、もうひとりぼっちになってしまうような気がしていた。有効期限が終わったら、あとはひとりで戦わなきゃいけないんだ、って。

だけど、本当にそう……？

霧《きり》が晴れて薄《うす》くなっていくように、心の奥《おく》が、景色が、少しずつくっきりとしていく。

父と母、慈恵。家族の顔が、順番に胸に浮《う》かびあがる。それに続いて、アベちゃんやシノちゃん、新潟《にいがた》の友達の笑顔《えがお》……。

ちっともひとりぼっちじゃない。舞希たちへの憎《にく》い思いにとらわれすぎて、見えなくなってた。あたしには、大切な、大事な人たちがたくさんいるのに。

まるであたしの心に応えるように、アリが頭を後ろにそらしながら「そうやんな……」とつぶやき、浅く息を吐《は》いた。

「なあー、食べねぇんだったらオレが食うけど？」

キヨがあたしとアリの白玉に両手を伸《の》ばしたので、あたしたちはあわてて器《うつわ》を手にとった。

「食べるに決まってるやろ！」

アリと同時にぜんざいを平らげたところで、鐘《かね》が鳴ってしまった。

ゴォォォォォオン

目を開けると、銀山先生の顔のどアップ。もう慣れてきたとはいえ、なかなかキツい。

「……先生。その顔をのぞきこむやつ、やめてもらっていいですか？　毎回心臓ドッキーンってなっちゃうんで」

先生がヒッヒッヒッと肩《かた》を揺《ゆ》らして笑ったので、驚《おどろ》かせるためにやってるんだな、と確信する。まったく、この山姥《やまんば》は。

「……まあいいや。とりあえず教室戻《もど》ります。言わなくても押《お》しだされるの、もうわかってるんで」

掛《か》け布団《ぶとん》をめくり、速《すみ》やかにベッドから飛びおりたあたしの背中に、銀山先生の声が降りかかった。

「もう忘れるんじゃないよ」

「え？」

振《ふ》りむくと、先生がまっすぐにこっちを向いている。くもった眼鏡の奥《おく》で、ほんのりと輝《かがや》きを放つ、糸のように細い目。

「あんたはひとりじゃないってこと」

「え……」

「じゃあそういうことだから、またおいで」

押《お》される前に自分から出ようと思っていたのに、結局銀山先生に背中をぐいぐい押されてしまった。

ピシャッ。

あっという間に【第二保健室】は【備品倉庫】に変わってしまった。

(忘れるんじゃないよ。あんたはひとりじゃないってこと)

ぶっきらぼうな銀山先生の声。だけどあったかい、その言葉。

ねえ先生、もしかして知ってるの？　床下《ゆかした》の世界で起きてること、全部。

風向き

教室へ行くと、いつもとは空気が違《ちが》った。

舞希《まき》にぴったりと張りついている香奈枝《かなえ》が、教室の端《はし》で千紗《ちさ》とふたりでなにやらひそひそと話をしている。舞希はひとりで肘《ひじ》をついて、ぼんやりと窓から外を見ている。

――？

違和感《いわかん》を覚えつつも、あたしは自分の席に着いた。

「おはよう、まえみちゃん」

アベちゃんとシノちゃんが声をかけてくれる。このおだやかなふたりの笑顔《えがお》が、今日はいつにも増して、じんわりとしみる。

「おはよう」

さっきまで夜の温泉に浸《つ》かっていたのに「おはよう」だなんて、何度経験しても時差ぼけのような気分だ。

「あのさ、まえみちゃん……、あれってもう見た？」

アベちゃんが周りをキョロキョロと気にしながら、小声で聞いてくる。

「あれって？」

シノちゃんとアベちゃんは顔を見合わせて「まだ見てないんだね。どうする？　でも教えてあげたほうがいいよね」と確認《かくにん》しあうと、うんうんとうなずきあった。

「モニカの今月号の、舞希ちゃんのページのことなんだけど……」

今月号のモニカで、ついに舞希の特集ページが組まれた。

【新モニカモデル、西条《さいじょう》舞希ちゃんの素顔《すがお》、ぜーんぶ見せます★】

見開き六ページの大型企画《きかく》。舞希の私服や持ち物、自宅の部屋まで写真付きで紹介《しょうかい》されている。その中に**【舞希ちゃんのモニカネームがついに決定！】**というコーナーがあった。

モニカモデルは人気が出ると必ず「モニカネーム」と呼ばれるニックネームがつく。「東原《ひがしはら》えり乃《の》ちゃん」だったら「ひがえり」。「内田《うちだ》きらりちゃん」だったら「うちっきー」。

ニックネームがあることは、モデルとして人気があるという証明でもあるのだ。そんな人気者の仲間に、ついに舞希も入ることになった。モニカネームが決まったのだ。

「これって、まえみちゃんのあだ名だよね……?」

西条舞希ちゃんのモニカネームがついに決定!

これからは「サーマ」って呼んでね★

「西条舞希で、サーマ。学校でもそう呼ばれてみんなから親しまれているので、モニカネームもサーマに決めました♪」そう語るオチャメな舞希ちゃん。

明るい笑顔《えがお》にぴったりのモニカネーム! サーマこと西条舞希ちゃんの応援《おうえん》を、これからますますよろしくね★

休み時間に、廊下《ろうか》の端《はし》っこでアベちゃんたちが見せてくれた雑誌には、笑顔でピースをする舞希の写真。その下には、ピンク色のプックリとした丸文字で「サーマって呼んでね」と書かれている。

「なにこれ……」

嫌《きら》いなら嫌いでかまわない。

合わないなら合わないで、もうそれでいいのに。

なのに、なんで？

なんで、あだ名をとったりするのよ、舞希。


「あだ名」を真似《まね》された、という事実は、びっくりするほどのスピードで学校中に広まった。

「あ、ほらあの子が本物のサーマだよ。西条舞希にあだ名をパクられた子」

「なんでそんなことするのかねぇ。恥《は》ずかしくないのかなぁ」

「いくらモデルでかわいいからって、友達のあだ名とるとか、ダサくない？」

「しかも西条ってば、本物のサーマのことハブってたらしいよ」

「やっぱ性格悪いんじゃん。顔がかわいいからって調子乗りすぎ。本家サーマかわいそう」

あんなにスターだった舞希が、一気にたたかれるようになった。

追い風が突然《とつぜん》、向かい風に変わる。舞希をさんざん持ちあげていた人たちが、いっせいにたたきはじめる。

「人気モデルの舞希ちゃん」は「誰《だれ》もが知っている性格の悪い舞希」になり、「舞希にあだ名を盗《ぬす》まれたあたし」は「かわいそうな本家サーマ」になった。

あんなにいっしょにいた香奈枝や千紗が、すっと舞希から離《はな》れていった。

「サーマ、今までごめんね。あたし舞希のああいうところ、意地悪で嫌《いや》だなぁってずっと思ってたんだよ。まさかサーマのあだ名を盗むなんて。さすがにもう付きあいきれない」

香奈枝はそう言って、気まずさを少しも見せずに話しかけてきた。

「あたしも、ずっと苦しかった。よかった、またサーマとこうやって話せるようになって」

千紗もそう言って涙《なみだ》ぐむ。

なんで舞希から離れたとたん、あたしと話せるようになるんだ？

ふたりの気持ちは理解できない。

だけど「ごめん」と言ってくれたことは、それでもやっぱりうれしかった。

舞希はたったひとり、窓辺の席にいた。

疲《つか》れを帯びたような目つきで、ひたすら窓の外を向いている。

今までだったら「絵になるよねぇ。さすが舞希ちゃん」と言われていた舞希の横顔が「冷たい顔してるよね。ひとりになるのなんて自業自得《じごうじとく》だよ」と言われるようになった。アベちゃんやシノちゃんだけじゃない、香奈枝や千紗も、他の子も、事情をよく知らないはずの男子たちまでもが、あたしの周りに来て「よく耐《た》えたね」とねぎらってくる。

舞希の鼻筋の通った横顔を見ながら、あたしは自分を省《かえり》みる。

「よく耐えた」わけじゃない。

ばちが当たれって、舞希を恨《うら》んでた。拳《こぶし》を握《にぎ》りしめながら、いつか悪いことが起こればいいって、ずっとずっと呪《のろ》ってたんだ。

それが現実になった。

授業中。風が吹《ふ》いて、舞希の茶色い髪《かみ》が舞《ま》いあがった。光に透《す》けたような細い髪が、空中に散らばる。それを舞希があわててなでつける。

「結んでこいっつーの」

誰《だれ》かがそう言った。くすくすと小さな笑い声が教室のあちこちで聞こえる。

望んでたことなのに、こうなることをずっと願ってたのに。

焦《あせ》りと恥《は》ずかしさからか、舞希の顔が真っ赤に染まった。その顔を見たとたん、胸が締《し》めつけられるように痛んだ。

堪《こら》えかねたように、舞希がさっと立ちあがる。

「どうした西条」

先生の呼びかけに答えず、舞希は教室から逃《に》げるように走りさった。

「もう戻《もど》ってくんなよー」

誰《だれ》かが小声でそう言った。

あたしじゃない、誰かが。

だけど、あたしなんだ。

このことを誰よりもずっと望んでいたのは。


学校からの帰り道、家の近くの商店街で慈恵《じけい》といっしょになった。

慈恵はあいかわらず教室には行けず、かねやま本館から戻ってからは、本物の保健室で一日を過ごしていたらしい。

陽《ひ》を背にして歩く慈恵とあたしの影《かげ》が、路面に長く伸《の》びる。こんなふうに並んで歩くなんて、ずいぶんひさしぶりだ。

夕方なのに、充分《じゅうぶん》すぎるほど蒸《む》し暑《あつ》かった。もう夏がすぐそこまで来ているのを感じる。

あたしも慈恵も汗《あせ》っかきだから、鼻の上にぷつぷつと汗が吹《ふ》きでていた。それを手《て》の甲《こう》でぬぐいながら、足を前に進める。

ちょうどラッシュの時間帯なのか、商店街はにぎわっていた。この街だけでもこんなに人がいるんだ。こっちの世界でアリに会うなんて、そんなの不可能な気がした。どこに住んでいるのか知っている新潟《にいがた》の友達とだって、引《ひ》っ越《こ》してから一度も会えていないのに。

慈恵も同じようなことを考えているのか、なにもしゃべらない。ふたりで混みあった商店街の中を黙々《もくもく》と歩いていく。

「あ。あれ、お母さんじゃない?」

数メートル先のお肉屋さんの前に、母が並んでいるのが見えた。ショーケースのお肉を指差して注文している。あたしたちには気づいていない。声をかけようとしたとき、あたしのすぐ横にいたおばさんふたりの会話が聞こえてきた。

「あの人よ、新潟から来た佐藤《さとう》さんって。ほらあのお肉屋さんのところにいる」

「ああ、あの不登校の子のいる家でしょ。受験生なのに大変よねぇ」

ドキッとして、声が出なくなった。

慈恵が、一瞬《いっしゅん》、隣《となり》で息を止めたのがわかる。

おばさんたちは、まさかすぐ隣を歩いている中学生が「あの不登校の子」だなんて思わなかったのだろう。「受験といえば、駅前に新しくできた塾《じゅく》のことなんだけどさぁ」と、すでに別の話題にうつっている。

慈恵の顔を見る勇気はなかった。

どうすればいいかわからず、なにごともなかったかのように歩きつづける。慈恵も、なにも言わないまま。

母は支払《しはら》い中で、あたしたちには気づかなかった。お財布《さいふ》からゴソゴソと小銭《こぜに》を探しているいる丸くなった背中が、いつもより小さく感じる。通りすぎるとき、ちょっと泣きそうになってしまった。

商店街を抜《ぬ》けて一本道に入ると、うちのマンションが見えてくる。

そこではじめて「不登校の子、だってさ」と、慈恵が口を開いた。

「こうやって、どんどん作られていっちゃうんだよな。俺《おれ》って人間の輪郭《りんかく》が」

「りんかく……?」

逆光のせいで、慈恵がどんな表情をしているのかわからない。

「佐藤慈恵はこういう人だって、そういう形」

「…………」

慈恵がなにを言いたいのかはイマイチわからないけど、心の内を明かそうとしてくれていることだけは伝わってくる。

「……あのさ、慈恵。話そうよ。あたし聞くから、ちゃんと」

今までだったら、妙《みょう》に距離《きょり》のできてしまった慈恵に、こんなこと絶対言えなかった。だけど、かねやま本館であたしは学んだ。素直《すなお》に気持ちを吐《は》きだすことの大切さを。

母はまだ帰っていなかった。

慈恵がリビングの窓を全開にすると、網戸《あみど》からほんの少し風が入ってきた。扇風機《せんぷうき》のスイッチも入れる。

あたしは冷蔵庫から、母の作った麦茶のボトルを出してグラスに注いだ。ふたり分をお盆《ぼん》にのせてダイニングテーブルへと運ぶ。

「さあ、どうぞ」

気分はすっかり小夜子《さよこ》さん。慈恵は苦笑いしながらも「どうも」と麦茶を口にした。

「はあ。うっめー」

キンキンに冷えた麦茶は、小夜子さんのお冷やには負けるけど、それでも充分《じゅうぶん》おいしかった。

「さ！　どんなことでもお話しください。お聞きいたしますよ」

「そんなあらたまって言われるとなぁ」

慈恵が首をぽりぽりとかく。

「さっきの続きからでいいよ。りんかく、って話」

「ああ……」

西日が、リビングに斜《なな》めに差しこんでいる。下を向いた慈恵の頬《ほお》に、まつげの影《かげ》が映る。

ふーっと鼻から息を吐《は》いて、慈恵はゆっくりと口を開いた。

「……俺《おれ》さ、好きだったんだよなぁ、新潟が。生まれたときからずっと暮らしていたあの狭《せま》いアパートも、中学までの長い通学路も、帰り道で必ず買う荒井屋《あらいや》のコロッケも。あれ、めっちゃうまかったよな。……あの味も、クラスメイトも、サッカー部のやつらも、とにかく全部が全部、居心地《いごこち》よくて。東京行くって決まったときは、そんなこと思いもしなかったけど。やべー、東京行けるんだって、楽しみしかなかったし。すげぇだろ？

俺《おれ》、東京行くんだぜって」

「わかるわかる。あたしもそうだった」

「だよな。俺たちソートー浮《う》かれてたもんな、家族そろって」

慈恵は弱々しく笑った。

「こっちに来て、それでもまあやっていけるだろうって、自信はあったんだ。ほら俺、あっちではそこそこ目立ってただろ？　リーダーキャラっていうか。サッカー部でも、キャプテンだったし」

うんうん、とあたしはうなずく。そのとおりだ。慈恵はまちがいなくそういうキャラだった。

「だけどさ、すぐに気づいちゃったんだよ。こっちでは、俺の立ちたかったポジションに、もう別の誰《だれ》かがいるってことに」

慈恵は、考え考えしながら言葉をつないでいく。

「……みんなの意見をまとめるのが、自分は得意だと思ってたけど、俺よりそれが上手にできるやつがすでにいる。サッカー部だって、キャプテンも副キャプもいるし、俺の出る幕なんてないわけ。あれ、おかしいな。じゃあどうする。俺、どんなキャラでいけばいいんだろうって、だんだんわかんなくなってきてさ。なにをどうしゃべろうとか、頭で考えるようになって、無理しておちゃらけてみたり？　要は空まわりしてたんだよな、おもいっきし」

窓の外、空の色が、刻一刻と薄紫色《うすむらさきいろ》に変わる。慈恵の顔も、同じ色に染まっていく。

「そんな俺《おれ》見てさ、クラスの柏木《かしわぎ》ってやつが言ったんだよ。教室で、みんなのいる前で。なんかおまえ無理してない？　東京デビューで、キャラ変えようとしてんじゃないの？　ほんとはあっち側の人間だったんだろーって、おとなしめの男子グループを指差して

……」

「は!?　なにそれ、サイアク」

柏木先輩《せんぱい》がそんな人だとは思わなかった。前に、香奈枝が「かっこいい」と騒《さわ》いでいたから顔はわかる。目鼻立ちがくっきりした、いわゆるアイドル系。あたしのタイプではないけど、それでも爽《さわ》やかでかっこいいなぁと思ってたのに。

「いや、サイアクなのは柏木じゃない、俺なんだ」

「なんで……？」

「…………」

慈恵の唇《くちびる》が震《ふる》えている。思いだしたくないことなんだ。学校に行けなくなるほど、ずっとためこんできたこと。あたしの手のひらにも、緊張《きんちょう》で汗《あせ》がにじみでる。

「思わずかぁっとして、俺《おれ》、キレちゃって……。言っちゃったんだ、教室中に響《ひび》くような大声で。ふざけんな、あんな陰《いん》キャラたちといっしょにすんなって」

「え……」

「引くよな。わかる。俺も自分に引いてるから。なんてこと言っちゃったんだって、すぐ後悔《こうかい》したけど、出ちゃった言葉は戻《もど》ってこない。もう柏木のことなんてどうでもよくて。それよりも、陰キャラだって俺に言われた彼《かれ》らの表情。聞こえてなかったようなふりをしていたけど、あれは、はっきりと傷ついてた。当然だと思う。こんなの言い訳だって思われるだろうけど、まじであんなこと言うつもりなんてなかったんだ。ただ、新潟からキャラ変《へん》してきたんだって言われたのがくやしくて……」

慈恵はうなるように息を吐《は》いた。そして自分の髪《かみ》の毛《け》をかきまわす。

「教室が静まりかえってさ、柏木が、うっわぁ、言っちゃった。おまえ最低だなぁ、って言って、周りの男子も女子も、人としてどうなの？　って目で俺を見てた。デリカシーのない人間。もうあのひと言で、俺って人間の輪郭《りんかく》はできあがっちゃったんだよ。もちろん、すぐに謝《あやま》ろうと思ったよ。あんなこと言ってごめんって、傷つけちゃった人たちに。でも、話しかけようとしても避《さ》けられんだよ、あっち行こうぜって……」

なんて言葉をかけたらいいのかわからない。

たしかに、慈恵は「やっちまった」と思う。陰《いん》キャラなんて言葉、そんなこと大声で言っちゃったら「ちょっとどうなの」と思われるのは当然だし、言われたほうからしたら、もう話したくないだろう。

「……やっちゃったよなぁ、俺《おれ》。新潟にいたときだったらさ、たとえ失言しちゃったとしても『今までの俺』でカバーできたかもしんないけど、一から始めなきゃいけない場所で、最初の一歩、完全にミスった。自分でまいた種なんだからしょうがないんだけどさ、もう誰《だれ》も俺と話してくれないわけ、ただのひとりも」

慈恵はそう言って無理に笑おうとした。やりきれない。

「あんな言葉がとっさに出る自分自身に、俺がいちばんガッカリしてんだよ。許されないことが辛《つら》いなんて、今まで一回も感じたことなかったけど……こんなにしんどいんだな。もういいよ、気にすんなって、誰でもいいから言ってくれよって毎日思った。そのうち耐《た》えきれなくなって、ああ、もういいや、ギブアップ。俺、東京の生活、ギブだわって、あきらめた。……こんなことくらいで学校行けなくなるなんて、ダサいよな。まじダサいわ、俺《おれ》」

こんなとき、小夜子さんだったら、どんな言葉をかけるだろう。もう自分を責めなくていいんですよ。そう言うかな。

「……慈恵、苦しかったね」

あたしがやっと言えた言葉は、これだけだった。言ったとたん、涙《なみだ》が次々とあふれてきてしまう。

「こんなことくらい」じゃない。

あたしたちにとって、教室で起こること、友達からの評価は、すべてだ。ちょっとした失言が、ささいな失敗が、命取りになる。

慈恵が教室で、どれだけ孤独《こどく》だったか。どんなに気まずい思いをしていたか。自分を責めて責めて、どれほど苦しかったか。

「なんでまえみが泣くんだよ」

だって……と言いながら、あたしは涙が止まらない。ぽたぽたとダイニングテーブルに涙が落ちる。

「泣きすぎだって」と笑った慈恵の声が、かすれた。

麦茶に入れた氷が、からりと音をたてて溶《と》けていく。扇風機《せんぷうき》のまわる薄暗《うすぐら》いリビングに、あたしたち兄妹《きょうだい》の鼻をすする音が交互《こうご》に響《ひび》く。

一瞬《いっしゅん》、ここが「かねやま本館」の休憩処《きゅうけいどころ》のような錯覚《さっかく》がした。

ドアがガチャガチャと開いて「お肉買いすぎちゃったぁ～」と、汗《あせ》をかいた母が帰ってきたのはそのとき。

「なーに、電気もつけないで」とパチッとスイッチをつけた母は、テーブルに向かいあって泣いている我《わ》が子《こ》たちを見て「……どうしたの？」と目をしばたたいたのだった。

若竹《わかたけ》

「ほほう。ほんで、ＧＫ《ジーケー》は胸の内、オカンにぜーんぶ話せたんや」

「そう。最初はどうなることかと思ったけど、父も交えてさ、夜遅《よるおそ》くまで親子でいろんな話ができたんだ。うちの両親も、多かれ少なかれ慈恵と同じような気持ちを経験したことあるんだって。父なんか、慈恵の話にものすごく共感してたよ。わかるなぁーって。心にもないことなのに、とっさに口から出ちゃうってことあるよなぁ。俺《おれ》なんかそれで何度失敗したことか。でもなぁ、慈恵。人の気持ちなんて、一瞬《いっしゅん》で決まるもんじゃないぞ。いくらでも挽回《ばんかい》できる。おまえさえ、その気があればな、って。

しまいにはさぁ、俺も東京の生活、じつは結構疲《つか》れてんだよなぁ、ってカミングアウトまでしてさ！　そしたらね、ええ！　じつはあたしも〜って、母まで言うんだから、もう笑っちゃったよ。たぶん、みんなして東京生活に気負っちゃって、勝手に焦《あせ》ってたんだよね。どうにか波に乗らなきゃって。別に波なんてないのに、ジタバタして、自ら波を作っちゃってたんだよ、うちの家族」

「ははっ。それ、わからんでもないなぁ。でもええ家族やん。そうかぁ、良かったなぁ。ほんまに大事なんやなぁ、気持ちを吐《は》きだすってことは。ＧＫ、今日から教室行くんやろ？　すごいやん、めっちゃ前向いてる」

まだ脱衣所《だついじょ》なのに、アリに会えたことがうれしくて、昨日起きたことを全部話してしまった。アリはときおり目に涙《なみだ》を浮《う》かべながら聞いてくれた。

「ごめんね。こんなとこで長話して。時間なくなっちゃうよね」

「せやな。とりあえずあったまろ」

そう言って、アリはにっこり笑った。

今日の温泉は、またもや、あの緑色。

若竹色の湯　効能：受容

「今日はたぶんこれやろなぁって思てたんや」

そう言ってアリは雨に打たれながら、竹林にかこまれた湯船まで走った。

前と同じ。外は気まぐれな雨だった。ざあっと降ったかと思うと小雨《こさめ》になって、またしばらくすると雨音が強くなる。

受けいれられなかったり、受けいれたり。

この気まぐれな雨は、あたしたちそのものだ。

「さむさむ」

「はよ入ろ」

アリがドボンとお湯に浸《つ》かると、黒い大きな湯気がもわっと立ちのぼった。

前にこのお湯に入ったときは、アリのクラスメイトが現れたけど、今日は違《ちが》う。

湯気の中から現れたのは、裸《はだか》のアリだった。まるで鏡のように、そこにいるアリと同じアリが、驚《おどろ》いたような顔をして湯気の中にいる。

すぐに、湯気のアリは消え去った。

「なに今の、どういうこと?」

あたしも続いてお湯に浸かる。ジュワッと音をたてて、黒い湯気が立ちのぼる。

現れたのは、裸《はだか》のあたしだった。アリのときと同じ、鏡のようにそのままのあたしがそこにいる。そして、消えた。

「サーマもいっしょやん！」

アリはお湯を揺《ゆ》らしながら大笑いした。よくわからないけど、つられていっしょに笑ってしまった。

「はぁ、おもろ。ほんまにうちらって似てるんやなぁ」

アリが顔を両手でこする。

「このまんまの自分を、受けいれて生きていくんやでって、この温泉からのエールやな」

「このまんまの自分？」

「そ。サーマもやで。このまんまの自分。まちがいだらけの、失敗ばっかりの自分。せっかくお湯に汚《よご》れを流しても、またすぐ、にごらしちゃう自分。おおざっぱで気にしいで、傲慢《ごうまん》で短気な自分。そんな自分ぜーんぶ、受けいれて生きやぁってことや」

湯気の中に現れた、裸のあたし。そっか。そういうことか。このまんまの自分を、受けいれていくしかないんだ。

「なるほどね。さすがアリ先輩《せんぱい》！　勉強になりやす」

「なんやそれ！　まあでもほんまよかったわ。最後にサーマと、この温泉に浸《つ》かれて」

「さ、最後……？」

アリが手ぬぐいを頭にのせて、にかりと笑う。

「そやねん。うちは今日が最終日。もうここには来《こ》れへんねん」

「うそ……」

アリの有効期限が、残り少ないことはわかっていた。だけど、まだもう少し先だと思っていた。最終日の前には「次でラストだよ」って教えてくれると思ってたのに。

「なんで今それを言うの！　心の準備ができてないよ」

大きな声を出してしまったあたしに、アリは困ったように肩《かた》をすくめた。

「あらたまってサヨウナラのほうが、うちは無理やねん。さびしくてたまらんようになってしまう。だからな、ここで温泉に浸かりながら、突然《とつぜん》ゴォォォンがええなぁ思て。じつはもう先に、小夜子《さよこ》さんにはサヨナラしてきてん。サーマがこの時間に、しかもまた同じ色のお湯に入ってるかどうかは、かなり賭《か》けやったけど、やっぱおったわ。うちらすごない？」

「そんな……」

「小夜子さんな、さっきうちに若竹の話してくれてん。このお湯と同じ、若竹。それってな、成長を始めたばっかりの竹のことを言うねんて。ちょっと黄色っぽい、伸《の》びざかりの竹。うちらってな、それと同じやねんて。どんな雨が降ろうと、雪が降ろうと、ぐんぐんぐんぐん伸びてく。たくましい若竹！」

アリが夜空に向かって掲《かか》げた右手が、周りを取りかこむ竹の姿と重なる。

「うちな、ここに来れてほんまに救われた。傷ついた心が癒《い》やされたのはもちろんやけど、自分のことちゃんと見つめなおすことができた。本音でしゃべれる友達がいるって、こんなに幸せなことなんやなぁって実感できた。ここに来る子らって、みんな中学生やんかぁ。どこの地域にいようが、おんなじただの中学生。で、それぞれ悩《なや》みがある。きっと、あれやな。ちゃんと個人でこの温泉に来るやんか。誰《だれ》かとグループになってとかじゃなく、ひとりずつハシゴ下りてここのお湯に浸《つ》かりに来る。だからこそ心の奥《おく》の奥をわかりあえるんやろなぁ」

「アリ、待って。やだ、行かないで」

「うちらって似てるよなぁ。おんなじような悩みで、おんなじお湯に浸かってきた仲間」

「やだやだ、やだ。もっとずっと話したいよ」

「うちな、もうこれからどんなことがあっても、あんまり怖《こわ》くないねん。サーマがおるって思うだけで、強くなれる。うれしいことも悲しいこともシェアしていくみたいな気がしてんねん。だからな、ずっとずっと、あんたは親友や。うちの人生のいちばんの親友」

「あたしにとってもだよ。アリはいちばんの、いちばんの親友」

アリがうれしそうに笑った。

「めっちゃうれしい！　いつかまた、どこかで会おな！」

雨がまたざぁっと強くなった。

ゴォォォォォォン

鐘《かね》の音が響《ひび》いた。

ポチャン、と白い手ぬぐいが湯面に浮《う》かぶ。もうアリはどこにもいない。

脱衣所《だついじょ》のカゴには、「アリ」と書かれた木の板だけがポツンと残っていた。

ひとりでトボトボと休憩処《きゅうけいどころ》に向かう。

誰《だれ》でもいい。誰かがいてくれることを願っていたのに、休憩処《きゅうけいどころ》はがらんとしていた。窓に当たる雨の音だけがバチバチと響《ひび》いている。

しゃがみこみ、テーブルの上にあるお水を一気に飲み干す。冷たい水が、渇《かわ》いた喉《のど》を通っていく。

さびしくて、さびしくて、叫《さけ》びだしたかった。息ができなくなるほど、胸が痛い。涙《なみだ》が止まらない。

「サーマさん」

花の匂《にお》いがした。小夜子さんだった。

「アリさんは、消えてなくなってしまったわけじゃないんですよ。いつか必ず会えます。だから大丈夫《だいじょうぶ》」

そう言って、小夜子さんはぎゅっと抱《だ》きしめてくれた。あたたかくて柔《やわ》らかい腕《うで》に包みこまれる。甘《あま》い花の香《かお》り、小夜子さんの香り。包まれているうちに、さびしさの塊《かたまり》がほどけていく。心の底からほっとして、さっきとは違《ちが》う生温かい涙があふれた。

「まだお時間がありますよ。もう一度お湯に浸《つ》かってはいかがですか？」

「もう一度……？」

小夜子さんがうなずいた。

あたしは言われるままに、胸元《むなもと》から入館証を取りだした。裏側をめくると、さっきまでは**【若竹色】**だったのに、まったく違《ちが》う色に変わっている。

「鳥《とり》の子色《こいろ》……」

卵《たまご》の殻《から》のような、薄《うす》いクリーム色に染まっていた。

「さっきとは違うお湯が、サーマさんを呼んでいます。さあ、行ってみてください」

炭酸温泉

一日に二度、温泉に浸《つ》かる。
もう何度もここに来ているけれど、はじめての経験だった。
(いつか必ず会えます)
小夜子《さよこ》さんはそう断言した。きっと会えるよじゃなく『必ず会えます』そう言った。
信じよう。小夜子さんがウソをつくはずがない。
「ふう」
深呼吸をひとつして**【鳥《とり》の子色《こいろ》】**の暖簾《のれん》をくぐった。

さっきよりもさらに、夜が深まって感じた。
「どしゃ降りになってる……」

これでもか、と大粒《おおつぶ》の雨が、すさまじい響《ひび》きをたてて地面を打ちつけている。

……誰《だれ》かいる。

浴槽《よくそう》に、ていねいに髪《かみ》をまとめた女の子の後ろ姿が見えた。激しい雨にさえぎられて、よくは見えないけれど、後ろ姿でもこれだけはわかる。アリじゃない。ため息をつきそうになったけど、それはあの後ろ姿の子に失礼だ。新しい出会いも、大事にしなきゃいけない。

「失礼します！」あたしはそう言って、クリーム色のお湯にジャボンと浸《つ》かった。

「ひぃぃぃぃ」

思わず叫《さけ》んでしまった。

「ぬ、ぬるい――――」

さっき浸かった温度と違《ちが》いすぎて、あたしは体を震《ふる》わせた。こんな低温はじめてだ。こんなのって、これでも温泉って言うの？

あたしの声に、女の子がビクッとして振《ふ》りむく。

目が合った。

うそ。

「さ、サーマ?」

うそうそうそ。そんな、まさか。

「舞希《まき》……」

あたしの体から、ぶくぶくと泡《あわ》の塊《かたまり》が浮《う》きあがる。それがそのまま黒い湯気となって立ちのぼっていく。

中から現れたのは、私服姿の舞希だった。長い足を交差させて**「サーマって呼んでね」**と言うと、いちご色の小さな舌をペロッと出した。そしてすぐにジュワッと消えた。

「わ、私……?」

湯気の中に現れた自分に、舞希が驚《おどろ》いて口をパクパクさせている。そのリアクションから、舞希がここに来るのに慣れていないんだとわかった。

「……ここ来るのはじめてなの?」

話したくなんかなかったけど、確認《かくにん》だけしたくて声をかけた。

舞希は、困ったような顔でうなずく。

あたしは「そう」とだけ言うと、舞希に背中を向けた。

沈黙《ちんもく》が続く。だんまりを決めこんだまま、ぬるいお湯に浸《つ》かっていると、腕《うで》や足に小さな気泡《きほう》が現れはじめた。肌《はだ》の表面がシュワシュワの泡粒《あわつぶ》で埋《う》めつくされていく。

ああ、このお湯、炭酸温泉なんだ。

でもなんで、よりによって舞希がいるの？　ここは、舞希なんかが来る場所じゃないのに。アリも、赤毛も、慈恵《じけい》だってそう。言い方がキツかったり、見た目がイカつかったりするけど、不器用なだけで、話してみたらみんな心根は優《やさ》しかった。そういう子たちだからこそ、お湯に呼ばれるんだって思ってた。選ばれてるんだ、この場所にって。

なのに。

さんざん意地悪をしてきた人間がここに来られるんだったら、真面目に生きてるほうがばかみたいだ。

ここは、あたしの場所でしょ？　ねえ、そうだよね？

小夜子さんが舞希にも「いらっしゃいませ」って入館証を渡《わた》したんだと思ったら、額の血管がずきずきした。前歯が折れてしまうんじゃないかと思うほど、歯を食いしばる。

シュワシュワシュワシュワ
あたしの体に細かい泡《あわ》が、いつの間にかびっしりと隙間《すきま》なく張りついている。クリーム色のお湯の中で、それは細かいビーズのようだった。

みんなに責められる舞希を見て胸が痛んでいたはずなのに、ここにこうして舞希がいることがどうしても許せない。嫌《いや》で嫌でしょうがない。

「あー、もうっ……！」

顔をぬぐおうとして、手ぬぐいを持っていないことに気づいた。アリとさっき入った若《わか》竹色《たけいろ》の湯に置いてきてしまった。

これじゃあ、効能を知ることもできない。あたしと舞希が同時に呼ばれるお湯って、いったいなんなのか気になるのに。

そっと、背後にいる舞希を盗《ぬす》み見《み》る。困ったようにキョロキョロしている舞希の後ろの湯船のへりに、白い手ぬぐいが置いてある。

舞希となんか話したくない。けど、効能は気になる。

心の中で、そのふたつが天秤《てんびん》にかかる。ぐらりぐらりと激しく左右に傾《かたむ》きながらも、「効能が知りたい」が「話したくない」よりも若干《じゃっかん》重くなってしまった。

「……あのさ、その手ぬぐいになんて書いてある？　説明受けたでしょ？　ここの効能のこと」

「……うん。さっきキヨって男の子に聞いた。心に効く温泉だなんて、ちょっと信じられないけど。……効能、書いてあるよ、ほら」

舞希が、そそくさと手ぬぐいを手渡《てわた》してくる。あたしはなるべく距離《きょり》を縮めないように、できるだけ手を伸《の》ばして受けとった。

鳥の子色の湯　効能：嫉妬《しっと》

今さっき自分から立ちのぼった、湯気の中の舞希。

手ぬぐいの「嫉妬」の文字を見つめながら、砂でもかんだような、ざらりとした気分になった。

「……さっき、私がこのお湯に浸《つ》かったらね」

舞希がためらいながら口を開いた。

「お湯からぶくぶくって、黒い湯気が出たの。今さっきサーマから出た湯気とおんなじ。それで、その湯気の中には、サーマがいたの。にっこり笑って私を見て」

「えっ？」

「これはなに？　どういう意味なの？　なんで私から出た湯気にはサーマが出て、サーマの湯気には私が出るの？」

舞希の声は震《ふる》えていた。震える舞希の肩《かた》に、びっしりと泡《あわ》がついている。

舞希の湯気にあたしが？

あたしの湯気に舞希が出るのはわかる。だって、ずっと舞希がうらやましかったから。誰《だれ》が見ても完璧《かんぺき》な容姿。モデルという仕事。女の子が欲《ほ》しいものを、すべて持っている舞希。

自分が舞希みたいな見た目だったらって、何度思ったことだろう。キツいことを言われても、どんなに無視されても、舞希のかわいさは欠けない。あたしがどんなに良《い》い子でいようとしても、舞希みたいにかわいくはなれない。そのことがどうしようもなく、くやしかった。

「でもなんで、舞希があたしに……？」

それだけはなにかのまちがいだと思う。舞希が持っていなくて、あたしが持っているものなんて、なにひとつないはずだ。

シュワシュワシュワシュワ
再び黙《だま》りこんだあたしたちの間を、屋根に当たる豪快《ごうかい》な雨と、無数の泡の弾《はじ》ける音がうるさいほどに包みこむ。

もうそろそろ、たぶんあたしは時間切れのはず。鐘《かね》の音とともに突然《とつぜん》消えたら、舞希はどれだけ驚《おどろ》くだろう。

「私……」

じっと下を向いて黙《だま》って聞いていた舞希が、消えそうに小さな声でつぶやいた。

「嫉妬《しっと》に効くなら、効いてほしい。これ以上、サーマに嫉妬したくない」

「まさか」

ばかにしてるのかと思って、あたしは鼻で笑ったけど、舞希は真顔で首を振《ふ》った。

「くやしいけど本音。引《ひ》っ越《こ》してきて誰《だれ》も知りあいがいないはずなのに、あっという間にクラスの空気を作るって、どういうことって。サーマの顔見るたびに、イライラしてた。なんでこの子はこんなに上手にできるの？　むかつくって……」

舞希の頬《ほお》がヒクヒクとけいれんするように震《ふる》えている。

「私ね、ほんとは人見知りで、はじめての人がいる場所とか超苦手《ちょうにがて》なの。だからね、中学に入って香奈枝《かなえ》と同じクラスで、すっごく安心した。知っている子がいれば平気だから。だけどひとりだったら無理。モニカの撮影《さつえい》でもね、知らない子ばっかりの中で、どうふるまっていいかぜんぜんわかんなくて、黙《だま》っていると感じ悪いって言われちゃうし。サーマだったら、こういう場所でも人気者になるんだろうなって、撮影《さつえい》現場でよく思った。だから……、サーマみたいになりたかった。明るくて、誰《だれ》とでも親しくなれる。そんな人に、私、なりたくて」

舞希は口元を押《お》さえ、下を向いた。

「止められなかった。サーマが悲しい顔するたびに、胸が痛むのに、顔見たら勝手に意地悪な気持ちが出ちゃうの。ずるい。私もこの子みたいになりたいのにって。……帰ってからいつも後悔《こうかい》するのに、止められなかった」

舞希の目は、真っ赤だった。

「あだ名をもらえば、自分もサーマみたいになれるんじゃないかって……ほんとばかみたい」

舞希が頭をかくんと下げた。顔がほとんどお湯に浸《つ》かってしまうほど、深く。

声には出さない。だけどどうしたって伝わってくる、舞希の「ごめん」の気持ち。まさか、舞希があたしに嫉妬《しっと》してたなんて……。

(もういいよ、気にすんなって、誰でもいいから言ってくれよって毎日思った)

昨日の慈恵の言葉を思いだす。

あたしは「教室での舞希」しか知らない。そこでは、少なくともあたしにとっては「嫌《いや》なやつ」だった。でも、それが舞希のすべてではないんだ。

頭を下げたままの舞希の、華奢《きゃしゃ》な肩《かた》が震《ふる》えている。

もういいよ、気にしないで。

そう言ってあげるべきだってわかっているのに、言葉が出ない。こんなんで許しちゃっていいの？　あんたさんざん傷ついたんでしょ？　って、心の奥《おく》で、もうひとりの自分が問いかけてくる。

「…………」

沈黙《ちんもく》を先に破ったのは、舞希だった。

「……こんな自分、もう嫌」

泣きだしたいような、舞希の心の叫《さけ》び。

気持ちはおんなじだった。

あたしも、こんな自分はもう嫌だ。

いつまでも、舞希のことを憎《にく》らしく思う自分。「もういいよ」って、たった五文字が言えない自分。びっしりと体中に張りついた泡粒《あわつぶ》のような、舞希への嫉妬心《しっとしん》。

……もう嫌《いや》だ。もう、手放したい、ぐちゃぐちゃした気持ち全部！

息を思いっきり吸った。そして、

「舞希！」

自分でもびっくりするほど、大きな声が出た。舞希がおびえたように体をこわばらせる。

「一回、流そう」

「……へ？」舞希が顔を上げた。眉根《まゆね》を寄せて、今にも泣きだしそうな顔。

「お互《たが》いのいろんな気持ち、とりあえず、一回流そ！　またモヤモヤしたりイライラしたり、あるかもしんないけどさ、とりあえず、ここまでのことは、今、この瞬間《しゅんかん》で終わり！」

一気にまくしたてると、あたしの体から泡がぱあっと散っていった。

シュワシュワシュワシュワシュワ
小さな音が重なって、夜の森にはじけるように響《ひび》いていく。

舞希の唇《くちびる》が、ほっとしたように緩《ゆる》んだ。その瞬間、舞希の肩《かた》にびっしりついていた泡粒も、シュワシュワっと離《はな》れていった。

あんなに強かった雨が、いつの間にかウソみたいに小雨《こさめ》になっていた。屋根の横から見える空。黒い雲の隙間《すきま》が、ほんの少しだけ明るい。おかげで舞希の顔が、さっきよりよく見える。

雑誌で見るような大人っぽい顔とは違《ちが》って、ずっと幼く感じた。舞希もあたしも、まだまだ子どもだ。今、気持ちを流しても、きっとまたすぐ、ぐちゃってなってしまうかもしれない。でも、それでも。

舞希と目が合う。

同時にふっと息を吐《は》いた。

とりあえず今は、心が軽い。

やっと、あたしたちはちょっとだけ笑った。

最終日

有効期限最終日。

ついに来てしまったこの日を、あたしは想像していたよりもずっとおだやかな気持ちで迎《むか》えていた。しとしとと静かな雨が飛び石を濡《ぬ》らしている。

「よくいらっしゃいましたね。お待ちしておりました」

最後だからって、なにか特別な態度をとるわけじゃない、小夜子《さよこ》さんは、いつもと変わらない笑顔《えがお》だった。

そして、それがとてもあたしを安心させた。

「さあ、ゆっくり休んでいってくださいね」

最後にあたしを呼んだのは**【鮭色《さけいろ》の湯】**。

小さな露天風呂《ろてんぶろ》だった。

屋根も柵《さく》もなく、周りには、ただただ夜の森が広がっている。雨が、森全部を包みこんでいた。雨粒《あまつぶ》が落ちて、葉っぱが揺《ゆ》れる。森の香《かお》りと、雨の匂《にお》い。心がすうっと落ち着いていく。

石造りの湯船には、鮭《さけ》の身の色と同じ、少しオレンジ色が入ったピンク色のお湯がゆらめいている。

深呼吸をして、足先からゆっくりと肩《かた》までお湯に浸《つ》かった。

さあ、出てこい。

立ちのぼっていく黒い湯気に語りかける。

湯気の中から現れたのは、制服姿の「あたし」自身だった。顔を空に向けて、背筋をぴんと伸《の》ばして立っている。ぱっと見、凜々《りり》しい姿のようにも見える。だけど、表情がこわばっていた。目の奥《おく》に「迷い」がある。「ためらい」がある。

湯気が自動的にかき消える前に、あたしは息を吸いこんで、ふうっと思いっきり吹《ふ》きかけた。

黒い湯気の中のあたしが、ゆらりと揺れる。

ふぅ――――――――――！

息の続くかぎり吹《ふ》きつづける。

すっとホウキで掃《は》いたように、湯気はかすれて、夜の闇《やみ》に溶《と》けていった。


「消してきたよ。びびってる自分」

休憩処《きゅうけいどころ》にはキヨと小夜子さんが座《すわ》って待っていた。あたしの顔を見上げると、ふたりはぱっと顔を輝《かがや》かせた。

「サーマ！　いい顔してる！」

顔をくしゃくしゃにさせたキヨが、駆《か》けよってくる。その後ろで、にっこりと微笑《ほほえ》む小夜子さんが、潤《うる》んだ目でうなずいている。

【鮭色の湯】、効能は「**弱気**」だった。

よわき。

覚悟《かくご》をしていたものの、やっぱりここを失うことが怖《こわ》かった。

だけど、その気持ちは、さっきお湯に流した。もう迷わない、怖がらない。ちゃんと、前を向いて歩いていく。

小夜子さんが「最後のまかない」と、塩おにぎりを出してくれた。

「いつも、どんなときも応援《おうえん》していますからね。まっすぐなサーマさんが、私は大好きです」

「オレもオレも！　サーマだぁい好き」とキヨが横から叫《さけ》ぶ。

「大好き」だなんて、照れちゃうけど、その言葉がいちばんうれしい！

そっか。あたしのこと、大好きなんだ、ふたりとも。

こみあがってくるうれしさで、思わず「やったぁ！」と叫んでしまった。

おにぎりを食べ終わると、あたしは立ちあがった。

「あたしも、小夜子さんが、キヨが、この場所が大好き！　ほんとにほんとにありがとう！　ありがとうございました！」

お辞儀《じぎ》をしたあたしの頭に、長い長い鐘《かね》の音が、遠い森の奥《おく》から響《ひび》いてくる。

ゴォォォォォォォォォォォォン

そして、あたしは銀山《かねやま》先生のいる**【第二保健室】**まで戻《もど》ってきた。

すがるような気持ちで、ベッド横に立つ銀山先生の白衣の袖《そで》を握《にぎ》りしめる。

泣かないって決めて耐《た》えていたけれど、やっぱりさびしくてたまらない。たった今までいっしょにいたのに、もう小夜子さんとキヨに会いたい。ないとわかっているのに、それでも制服のどこかに入館証がはさまっているんじゃないかと、ポケットというポケットに手を突《つ》っこむ。もちろん、なにも入ってはいない。

「ねえ、銀山先生、答えてよ。またどうしてもかねやま本館に行きたくなったら、先生がまたここを開けてくれるんだよね？　あそこに導いてくれるんだよね？」

「どうかな。……まあ可能性がないわけじゃあない」

「それってほんと!?」あたしはベッドから跳《は》ねおきた。

「そりゃそうさ。だからね、その時を待つんだよ。ほんと今の子は待つってことができないんだから。とにかく待つんだ。ジタバタしなくてもちゃんとやってくる。必要な出会いってやつは」

銀山先生は「ほら、上履《うわば》き履いて」と言いながら「でも」と続けた。

「もう必要ないんじゃないかい？　あんたには」

「なんで……？」

先生は、自信たっぷりの顔で両手を腰《こし》に当てた。

「ちゃーんと学んだだろう。疲《つか》れたときには、たっぷりの休息がいちばん大事だって。今の子どもはさぁ、忙《いそが》しすぎるんだよ。だからつい休み忘れて、心が疲れちまう。子ども時代にちょっと休憩《きゅうけい》を入れたからって、まともな大人になれないなんて話、あたしゃ一回も聞いたことはないねぇ。むしろ本物の休息がとれるのは、子どもだけだってこと。疲れたときは、しっかり休息する。おいしいものを食べる。元気が出たら、またがんばる。その繰《く》りかえしで、人は生きていけるのさ」

たしかに、そのとおりだ。

疲れたら、休憩する。単純なことなのに、つい忘れてしまいがちなこと。

銀山先生のたぷたぷしたあごを下から見上げているうちに、なぜかふと小夜子さんの顔を思いだした。

どんなときも「そのままのあなたがすてきですよ」って受けいれてくれる、あのどこまでも優《やさ》しい微笑《ほほえ》み。あの笑顔《えがお》に、どれだけ救われただろう。

年に数回咲《さ》く月下美人《げっかびじん》。朝になると、夜の美しさがウソのようにしぼんでしまうけれど。

「しぼんでいるときも、月下美人は月下美人なんだよね。たとえ咲いていないときでもさ」

あたしがそうつぶやくと、

「なんだい、急に」と銀山先生はフンと笑った。

「さぁ。もう戻《もど》りな。授業が始まるよ」

いつものように、あたしの背中をぐいぐいと押《お》してくる。

「ええー。最終日くらいもうちょっとここにいさせてよ。先生に聞きたいこと、山ほどあるんだから。ねぇ、先生はいったい何者なの？　なんで床下《ゆかした》で起こってることを知ってるの？　ねぇ、なんでってば――――！」

「元気でね。いつかまた」

ピシャリ。

なんの余韻《よいん》も残さず、引き戸はあっさりと閉められた。

「せ、先生も、元気で！」

あたしがあわてて声をかけたときには、もう**【備品倉庫】**に変わってしまっていた。

廊下《ろうか》には、なぜか花の香《かお》りが濃《こ》く残っていた。銀山先生のイメージにぜんぜん合わない甘《あま》い香り。

どこかで嗅《か》いだことがある気がしたけど、もう思いだせなかった。

エピローグ

慈恵《じけい》は、学校に行けなかったのがウソだったように、毎日教室へ行き、ちゃんと授業を受けている。

「無視されてもなんでも、まずは謝《あやま》ろうって決めたんだ。それでも許してもらえなかったら、それはもうしょうがないって、やっと腹くくれた。俺《おれ》と友達になりたいって思う人が、そのうちいつか現れるだろって気長にかまえられるようになったっていうか」

そんな慈恵を見て、ひとり、またひとりと話しかけてくれるクラスメイトが現れているらしい。

(ジタバタしなくてもちゃんとやってくる。必要な出会いってやつは)

銀山《かねやま》先生のあの言葉は、やっぱり正しかったんだ。

あたしと舞希《まき》は、ひとまず過去はお湯に流した。それでもたまに、舞希はじりっと意地悪を言ってきたりするけど、もうそんなのに負けない。あんたまたそんなこと言って。ちょっと疲《つか》れてるんじゃない？　なんて返せるくらいだ。（自分のしゃべり方にちょっと銀山先生が入ってるかも、と最近たまにギクリとする）

もちろん、規則があるから口にはしないけれど、あたしはわかっている。思わず意地悪を言ってしまった後、舞希が必ず「お腹《なか》が痛い」と保健室へ行くこと。そして帰ってくると、毛先がちょっぴり濡《ぬ》れていること。

今日の効能は「内省」かな？　そうやって想像するのも楽しい。口に出してつっこめないのが残念ではあるけれど。

そんな舞希の期限も、そろそろ終わりに近づいているはずだ。

突然《とつぜん》歩みよりだしたあたしたちに、最初は周りのほうが戸惑《とまど》った。いちばんあわてていたのが香奈枝《かなえ》と千紗《ちさ》で「サーマ、そんな簡単に許しちゃっていいの？」なんて、自分たちのことは棚《たな》に上げて言うからびっくりした。

前のように戻《もど》ることはできない。あたしはやっぱりアベちゃんたちといるほうがほっとするし、和解したとはいえ、じゃあ今日から舞希とは親友です、というわけでない。だけど、それでもいいんだ。許しあうことで、あたしたちは前に進める。

「かねやま本館」が休ませてくれたからこそ、そう思えるようになった。

次は、誰《だれ》かな？

教室を見渡《みわた》してみる。

学級委員のあの子か、それとも廊下側《ろうかがわ》の席のアイツか。もしかしたら、香奈枝や千紗、アベちゃんやシノちゃんだってありえる。

とりあえず今のところは舞希以外、誰の毛先も濡《ぬ》れてはいない。でもこれからどうなるかはわからない。あたしだって、またお湯に呼ばれる可能性はゼロじゃないんだから。そう思うと、疲《つか》れてみるのも悪くないかな、なんて思ったりして。


慈恵はすっかり温泉マニアとなった。受験勉強の合間に日帰りで行ける温泉めぐりをしたり、図書館から温泉にまつわる本をどっさり借りてきたりと、すっかり温泉の虜《とりこ》だ。

「まえみ！　これ見て」

慈恵が興奮気味に見せてくれた温泉雑誌には、山形県尾花沢市《やまがたけんおばなざわし》にある銀山温泉《ぎんざんおんせん》の紹介《しょうかい》がされていた。口には出せないから、あたしたちは視線で気持ちを伝えあう。

読み方は違《ちが》うけど「銀山先生」と、漢字がまったく同じだろ。

ほんとだ！　こっちは「ぎんざん」って読むんだね。

頭を突《つ》きあわせ、いっしょに温泉雑誌をのぞきこんでいると「ああ！」と慈恵が大声を出した。

「なに、急におっきい声出して！」

目を見開いた慈恵が指差したのは、銀山温泉の特集ページの中で、いちばん下の目立たないところに載《の》っている小さな写真だった。

「これって……！」短く息をのんだ。

そのタイミングで、父がリビングにやってきた。

「なあ。十一月の三連休、たまには家族旅行でも行くか。どこかリクエストある？」

慈恵とあたしは、声をそろえて言った。

「温泉！　温泉がいい！」

華《はな》やかに色づいた紅葉の山にかこまれて、十数軒《じゅうすうけん》の木造の旅館が、川をはさんで両側に立ちならんでいた。真ん中を流れる銀山川《ぎんざんがわ》は、太陽の光が反射して輝《かがや》いている。川面《かわも》を渡《わた》って吹《ふ》いてくる風は、懐《なつ》かしい硫黄《いおう》の臭《にお》いを運んでくれた。

「うわぁ。タイムスリップしたみたいね」

その異次元とも思える世界に、母が思わず目を見張る。

「この建物すごいよなぁ。大正ロマンそのもの」

連なる見事な温泉旅館を見上げて、父はため息をもらした。

「こんなに立派な旅館がたくさんあるのに、本当にあそこでいいのかぁ？」

「ほんと。どうせだったらママ、こういうとこに泊《と》まりたかったなぁ」

けげんそうな表情を向ける両親。だけど、あたしも慈恵も気持ちは揺《ゆ》るがない。

「だめ。あそこがいいの。絶対あそこじゃなきゃだめ！」

断固としてゆずらないあたしたちに「変わってんなぁ、おまえら」とあきれたように父が笑った。

銀山温泉の特集ページで見つけた、小さな記事。


【質素を貫《つらぬ》く湯治宿、かねやま分館】療養《りょうよう》・静養を目的とした本格的な湯治宿。かやぶき屋根の建物は、木造築九十六年。分館との名称《めいしょう》だが、本館は存在しない。テレビはなく、携帯電話《けいたいでんわ》の電波も入らない。宿泊客《しゅくはくきゃく》にはオーナー夫妻お手製の郷土料理がふるまわれる。百パーセント源泉かけ流し。良質な温泉とおいしいごはんで、身も心も元気に。アットホームな魅力《みりょく》あふれる、かねやま分館。(ご予約はお電話のみ対応。お問い合わせはこちら)

豪勢《ごうせい》な旅館が立ちならぶメイン通りから少し離《はな》れたところに、ひっそりと「かねやま分館」はたたずんでいた。

かやぶきの屋根の平屋。ガラス戸や窓からこぼれる、黄色いおだやかな灯《あか》り。屋根の向こう側からは、青空に吸いこまれるように白い湯気が立ちのぼっている。その周りを取りかこむ、うっそうとしたブナの森。

あまりにもそっくりだ。きゅっと胸が熱くなる。

門柱にかけられた**【かねやま分館】**の看板を確かめて「よし、ここだな」と父がうなずいた。

石畳《いしだたみ》を踏《ふ》んで、一歩ずつ足を進める。足元の緑深い苔《こけ》や庭の草花。門から玄関《げんかん》までのほんのわずかな時間なのに、思い出がばぁっとよみがえってくる。

あそこで過ごした、あの、あたたかい時間。小夜子《さよこ》さん、キヨ、アリ、銀山先生……。

泣きそうになって、あわててフーッと息を吐《は》いた。

前を歩く慈恵が振《ふ》りかえる。その目にも、うっすらと涙《なみだ》の膜《まく》が張っていた。


外観はよく似ていたけど、中はちょっと違《ちが》った。細長い土間と、中心に囲炉裏《いろり》のある広間こそいっしょだったけど、正面は受付カウンターだし、右側は客室に続く通路、左側はちょっとしたお土産《みやげ》コーナーになっていた。

小夜子さんがいるかもしれない。そう期待したけれど、女将《おかみ》さんは小柄《こがら》なおばあさんだった。

両親が部屋でくつろいでいる間、あたしと慈恵は館内を探索《たんさく》することにした。

「かねやま本館」とのつながりを見つけたい。

「本館」が存在しないのに「分館」という名前。ここにはきっと、なにかがある。あそこにつながる「なにか」が……。

小さな館内は、あっという間にまわりきることができた。浴場も、休憩処《きゅうけいどころ》も、どことなく似てなくはないけれど、やっぱり違う。

「あと、行ってないのは露天風呂《ろてんぶろ》だけだな」ぽつりと慈恵が口にした。

「……そうだね」

客室のある長い通路の突《つ》き当《あ》たりに、露天風呂《ろてんぶろ》の入り口につながる上り階段があった。数段上ると、畳《たたみ》二畳分《じょうぶん》ほどの踊《おど》り場《ば》がある。そこの壁《かべ》に、銀色の細い額縁《がくぶち》に入った写真が飾《かざ》られていた。

青い甚平《じんべい》を着たおじいさんの写真。カメラ目線じゃなくて、ななめ上を向いて顔をしわくちゃにして笑っている。ずっと年上の、しかも男の人にこんなこと言ったら失礼かもしれないけど、すごくかわいらしい人だった。

誰《だれ》なんだろう……。

知らないおじいさんのはずなのに、この、くったくのない笑顔《えがお》にどうも「見覚え」がある。会ったことがある？　ううん。おじいさんの知りあいなんていない。

慈恵も「ん……？」と立ちどまり、写真に顔を近づけてのぞきこんだ。笑いすぎて細くなった目尻《めじり》。薄《うす》いけど太い眉毛《まゆげ》。にゅっと大きな前歯。

「──あ！」

あたしたちは、同時に声を出した。

そこから先は口には出せない。でもきっと、考えていることは同じ。

このおじいさん、キヨに似てる……！

女将《おかみ》さんに聞いたところ、写真のおじいさんはここの初代オーナーで、もう四十年ほど前に亡《な》くなっている、ということだった。

もっといろいろ聞いてみたかったけど、三連休で宿は満室。女将さんは大忙《おおいそが》しで、すぐに調理場のほうへ引っこんでしまった。

初代オーナーがキヨの親族ってこと……？　とすると、キヨはこのあたりに住んでいるのかもしれない。

慈恵と言葉にして語りあえないことが、いつにも増してもどかしい。

キヨがいるかも。小夜子さんに会えるかも。どこかから、銀山先生がのぞいているかもしれない。

家族みんなで温泉街を散策《さんさく》している間も、どうしても期待してしまう。キヨくらいの背《せ》丈《たけ》の男の子を見かけるたびに、顔をのぞきこんでしまうあたしの腕《うで》を「怪《あや》しい人だと思われるって」と慈恵が何度も引っぱった。

そういう慈恵だって、黒髪《くろかみ》の女性を見かけるたびに、思いっきりジロジロ見ているし、観光客のおばさん軍団の中に、ボサボサ頭の人はいないか目を凝《こ》らしている。

だけど、どこにもいない。落ちこみそうになったけど、銀山先生の声が聞こえてくるような気がして、顔を上げた。

(ほんと今の子は待つってことができないんだから。とにかく待つんだ
先生、あたし待つね。

いつかきっと、また会えるって信じて。

宿で借りた下駄《げた》で、石畳《いしだたみ》の道をカラコロ鳴らしながら、家族四人で夕暮れの温泉街を歩いた。最初は興奮して写真を撮《と》りまくっていた母も、観光案内を熟読していた父も、いつの間にか顔を上げて黙《だま》って歩いていた。

西の空から、夕焼け色が広がっていく。紅葉に彩《いろど》られた山肌《やまはだ》に、金色の光の帯が差しこむ。川も、両サイドに並ぶ温泉宿も、あたしたちの顔も、みんな茜色《あかねいろ》に染まる。

「……はじめて来た場所なのに、なぁんか無性《むしょう》に懐《なつ》かしい感じがするのよねぇ」

母がほうっと息を吐《は》いた。

「うん。俺《おれ》もそう思ってたところ。遠い昔、来たことがあるような、そんな感じがするんだよなぁ……」

父もそう言って目を細めた。

ある、かもしれない。ふたりだって、中学生だった時代があるんだから。

そう思ったら、なんだか無性《むしょう》に、父と母を愛《いと》しく感じた。


ふと目が覚めたときは、深夜二時。

父も母も慈恵も、ぐっすり眠《ねむ》っている。

夕食の時間までたっぷり温泉街を満喫《まんきつ》し、素朴《そぼく》でおいしい郷土料理を食べ、温泉にも思う存分入った。さらに、ガス灯のゆらめく幻想的《げんそうてき》な「夜の温泉街」にもくりだした。部屋に戻《もど》ってからは、家族でトランプ大会（大貧民《だいひんみん》では、手加減しない父のひとり勝ち）。大《おお》騒《さわ》ぎして、ほんと楽しい夜だった。

どうしよう。もうちっとも眠くない。

夜中に目が覚めることなんてほとんどないのに、あたしってば興奮してるのかな。

「せっかくだから、露天風呂《ろてんぶろ》でも行ってみようかな……」

ここは、夜中でもお風呂に入れる。チェックアウトの時間まで、何度でも入れますからね、と昼間女将《おかみ》さんが言っていた。母を起こしていっしょに行こうかとも思ったけれど、あまりにも気持ち良さそうに眠《ねむ》っていたのでやめておいた。

音をなるべくたてないように、手ぬぐいだけを巾着《きんちゃく》に入れて、バスタオルは肩《かた》にかける。

こっそりと部屋を抜《ぬ》けだし、露天風呂《ろてんぶろ》に向かった。

露天風呂は、ガラス戸の外、長い長い石の階段を上った先にある。昼間、母と来たときとはイメージがぜんぜん違《ちが》った。両サイドに置かれた灯籠《とうろう》が、階段をゆらゆらと照らしている。

ああ、懐《なつ》かしい。

床下《ゆかした》の世界に続いていた、あのハシゴを思いだす。

あのときは下りだったけど、今は一段一段上るたびに、硫黄《いおう》の臭《にお》いがどんどん濃《こ》くなっていく。

「着いたぁー……」

洗い場もなにもない、屋根すらもないシンプルな石の露天風呂。無色透明《むしょくとうめい》のお湯が、白い湯気とともにゆらめいている。「かねやま本館」の露天風呂よりも、ふたまわりくらい大きい。

時間帯のせいか、誰《だれ》ひとりいなかった。脱《ぬ》いだ服を入れるカゴだけが、横長のベンチに並んでいる。

「貸し切りだー！」

外の冷気が、浴衣《ゆかた》の襟首《えりくび》からすっと入りこむ。

「うう、さっむ」

急いでカゴにバスタオルと浴衣を投げ入れ、湯船の横に置いてあるヒノキの桶《おけ》でお湯をすくい、足先から肩《かた》へとかけた。それから、湯気の立ちのぼるお湯に一気にドッボーンと飛びこんだ。

「ふあぁぁぁぁ。極楽《ごくらく》じゃぁぁぁぁ」

体中にすべすべとした、熱いお湯が染《し》みわたっていく。

両手を思いっきり伸《の》ばして、空を仰《あお》ぐ。

さえざえと澄《す》んだ夜空を、のぞきこむように森がかこんでいた。雲ひとつない藍色《あいいろ》の夜空には、無数の星くずがきらめいている。

頭上には、洗いたてのような真っ白な満月。

あそこで出会ったみんな。

またいつか、必ず会おうね。

そっと目を閉じた。冷たい風が、火照《ほて》った顔を心地《ここち》よくなでていく。

階段を誰《だれ》かが上ってくる足音がした。こんな時間でも、やっぱり入る人はいるんだな。

さて、貸し切り温泉はおしまい。次の人にゆずりますか。

立ちあがり振《ふ》りむいた瞬間《しゅんかん》、灯籠《とうろう》にぼんやりと照らされた女の子と目が合った。女の子がぽかんと目を丸くしてつぶやく。

「……うそやん。夢やないやろな」

胸がいっぱいになって、もう声が出ない。

立ちこめる硫黄《いおう》の臭《にお》いと、白い湯気。

目の前には、親友がいる。

松素めぐり（まつもとめぐり）

1985年生まれ。東京都出身。多摩美術大学美術学部絵画学科卒業。「保健室経由、かねやま本館。」で第60回講談社児童文学新人賞を受賞。

保健室経由《ほけんしつけいゆ》、かねやま本館《ほんかん》。

2020年6月1日　第1刷発行
2023年12月14日　第8刷発行

著者――――――松素《まつもと》めぐり
装画・挿画――――おとないちあき
装丁――――――大岡喜直（next door design）
発行者―――――森田浩章
発行所―――――株式会社講談社
〒112-8001
東京都文京区音羽2-12-21
電話　編集　03-5395-3535
　　　販売　03-5395-3625
　　　業務　03-5395-3615
印刷所―――――株式会社新藤慶昌堂
製本所―――――株式会社若林製本工場
本文データ制作――講談社デジタル製作

KODANSHA

N.D.C. 913　223p　20cm　ISBN978-4-06-519693-9